暗殺者のゲーム

上

ウォード・ラーセン

川上琴 訳

ASSASSIN'S GAME WARD LARSEN

竹書房文庫

暗殺者のゲーム　〔上〕

ボブ並びにパット・ガシンに捧《ささ》げる

この物語を生みだす手助けをしてくれた人たちに、心からの感謝を捧《ささ》げる。サポートと励ましをくれた、私の編集者であるボブ・グリーソン。ケリー・クインと、トーア・ブックス&フォージ・ブックスの全スタッフ――みんな、最高だ。初期の段階で手を差し伸べてくれたデブ・ストーウェルとケヴィン・クレマー。あなたたちの貢献がなければ、この本は存在しなかっただろう。そしてスーザン・グリーソン。あなた以上に勤勉で博識なエージェントを見つけるのは難しいに違いない。

最後に、長年にわたって我慢し、サポートしてくれた私の家族に感謝する。

主な登場人物

ダヴィッド・スラトン（エドマンド・デッドマーシュ）……元イスラエル諜報機関モサドの暗殺者《キドン》
クリスティン・パーマー……アメリカ人医師
アントン・ブロフ……モサド前長官
レイモンド・ヌーリン……モサド長官
イブラヒム・ハメディ……イラン原子力庁のトップ
ファルザード・ベルーズ……イラン情報省長官
アルネ・サンデション……ストックホルム県警の警部
イングリッド……サンデションの元妻
パウル・シェーベリ……ストックホルム県警の副本部長
グンナル・ブリクス……ストックホルム県警の巡査部長
アンナ・フォーシュテン……スウェーデン国家警察長官
ヤンナ・マグヌッセン……マグヌッセン・エア・チャーターのオーナー兼パイロット
エヴィータ・レヴィーン……イランのスパイ
ラフィ……ヒズボラの工作員
ヴァルター・クルーガー……スイスのクルーガー・アセットマネジメントの社長

プロローグ

盗んだロバにたいした期待はできない。

長い上り坂の頂上に近づくにつれ、ヤニフ・ステインにはロバが徐々に弱っていくのがわかった。銃や弾薬、爆発物など、一四〇キロ近い荷物を負わされたロバの脚がぐらつきはじめる。そして頂上まで五〇メートルを切ったところで、その獣《けもの》は限界に達したロバがするに違いないことをした――脚を折ってうずくまり、ぴくりとも動かなくなったのだ。ステインは引き具を持ちあげ、弾みをつけてなんとか進ませようとしたが、オークの木を引っ張ろうとするようなもので、どうにもならなかった。イスラエル軍の特殊部隊では長年にわたり、数多くの不測の事態に対処する訓練を受けてきた。だがこんな状況は誰も予想しなかったのか、カリキュラムに組みこまれていなかった。

ステインはロバをその場に残し、不安定な石と砂の道をブーツで踏みしめながら先へ進んだ。手で合図を送ると、暗闇からほかのメンバーたちが姿を現した。夜空を分断する半月のもと、三つのシルエットがくっきりと浮かびあがる。頑固なロバの件は、今回の任務に次々と降りかかった一連の不運のひとつにすぎなかった。まずイスラエルからトルクメニスタンまで来るのに、一機のみならず二機の軍用機に機体トラブルが発生し、到着が一〇時間遅れた。予定時刻を過ぎてアシガバートに着いたところ、イランとの国境までの移動手段として先発隊が手配していたはずの二台のジープが見あたらなかった。そのため、アルメニア人の中古車セールスマンと交渉して、おんぼろのバンを購入するはめになった。これもまた、特殊部隊のカリキュラムに含まれていなかった事態だ。

だが、最も深刻なつまずきはそのあとにやってきた。三日前の夜、土砂崩れで崩壊した道路を偵察中に、一番優秀なスナイパーが足首を骨折したのだ。その結果、ひとりが一台きりの車に負傷者を乗せ、一六〇キロほど離れたトルクメニスタンとの国境まで戻るしかなくなった。ふたりが欠け、チームの射撃力の三分の一が失われた。残りのメンバーも腕が立つ者ばかりで、充分うまくやれるだろうが、入念にリハーサルを行った計画は大幅な修正を余儀なくされた。人数が減り、残った四人ではとても運べないほど荷物は重い。そういうわけでロバを盗むことになった。イランに入ってから五日間で六四〇キロ以上進み、全員が疲れていた。この三日は夜に一四時間歩き、日中は砂岩に身を隠して過ごした。しかし苦難の連続ではあったものの、任務の成功はすぐそこに見えていた。

頭上から照りつける太陽が沈み、無風の中で汚れのない空気を吸っていると、砂漠も悪いものではないと思えてくる。集合場所では、山腹から来たふたりがすでにステインを待っていた。先頭で偵察していたメンバーが最後に姿を現す。三人とも黒いローブをまとってサンダルを履いていた。イスラム教のしきたりに合わせて何カ月も剃《そ》っていない髭《ひげ》は、長く伸びてぼさぼさだ。潜入するにあたって、チーム全員が可能な限りこの地域に溶けこもうと努力していた。ステインは仲間たちと輪になり、ひとりひとりと目を合わせようとした。だが、誰もが絶えず視線を動かしていてうまくいかない。全員、警戒しているのだ。

「今度はなんだ？」副官のダニが地平線に目を向けたまままきいた。

ステインはグリーンの光を放つ全地球測位システム《GPS》受信機の画面を確認した。「まだ五キロある。すべての装備を自分たちで引きずって、夜明け前に所定の位置につくのは無理だ」

雲ひとつない夜空の下に立ち、ステインは前方を見渡した。頂上まで五〇メートル足らず。そのあとは起伏のある地形から一転して、ビリヤード台のように平らな乾いた湖底を進まなければならない。身を隠せる場所はほとんどなさそうだ。

「来てくれ」ステインは防弾チョッキを着たダニの背中を叩いた。「様子がうかがえるかもしれない」

彼はダニの先に立って歩いた。あとのふたりは指示されなくても荷物のそばにとどまった。ロバを苦しめた砂の丘は周辺で最も高く、ステインとダニは目立たないよう姿勢を低くした。交替で暗視装置を使い、遠くの地平線に島が浮かんでいるように見える、ぼんやりとした光の塊を探った。

「あそこだ」ステインは言った。「遊園地みたいにライトアップされてるな」暗視装置を手渡す。ダニがそれでしばらく観察してから言った。「パーティーを開いているらしい。ヤニフ、俺たちはボディガードが八人と考えて計画を立てた。もし今夜、高官たちを集めた特別な催しが行われているとしたら、その四倍の数に対処しなければならないだろう」

「心配しすぎだ、ダニ。パーティーが開かれているという事実は、われわれの入手した情報の正しさを示しているにほかならない。やつは今、あそこにいる。酔っているなら、かえって好都合だ」

ダニが厳しい目つきでステインを見た。「あんたは心配しなさすぎだ。日がのぼる前に実行しなければならないんだぞ」

「何か考えがあるのか？」

「今夜パーティーが行われているとすれば」ダニは言った。「もしかすると、一服するために外へ出てきたところを捕らえることができるかもしれない。ふた手に分かれよう。マイヤーと俺がＳＲ－25だけを持って先に行く」彼は大型の狙撃銃の名を口にした。「あんたとゴールドマンは、俺たちが仕留められなかった場合に備えて襲撃用の装備を持ってきてくれ。必要なら、あとであの場所を破壊できるように」

「明るくなってからか？」ステインは疑わしげに首を振った。もともとは夜明け前の急襲を予定していた。滞在場所を襲うには好ましい時間帯だ。ところが計画に新たなひずみが生じたせいで、スケジュールどおりにいかなくなってしまった。「それに、ふた手に分かれるという案には賛成しかねるな」

ダニは返事をせず、沈黙が広がった。百戦錬磨のふたりにとっては、意見を戦わせているも同然の沈黙だ。虫の鳴き声やジャッカルの遠吠《とおぼ》えなどの夜の物音が大きく感じられた。ステインが口を開こうとしたそのとき、ダニが片手をあげた。ふたりとも瞬時に身を硬くする。

長い一〇秒間が過ぎて、ダニが言った。「何か聞こえたか？」

ステインは首を振って否定した。

ダニがため息をついて緊張を解いた。「俺は分かれて行くべきだと思う。だが、決めるのはあんただ、ヤニフ」

ヤニフ・ステインが意見に耳を傾ける相手はこの世にわずかしかいない。ダニはそのひとりだ。「わかった、おまえのやり方でいく。あとはやつがあそこにいることを祈ろう」

ふたりは急いで高台をおり、ステインがゴールドマンとマイヤーに決定を伝えた。どちらからも異論は出なかった。それから荷物をすべておろしたが、重荷から解放されたにもかかわらず、ロバは頑固にうずくまったまま動こうとしなかった。四人がかりで装備を振り分けながら、ダニが小声でスタインに言った。「任務を遂行したら、どうやって脱出するつもりだ、ヤニフ？」

一台きりの車を国境に送ってしまい、移動手段がなくなったという問題はまだ解決していなかった。だが、ステインは答えを見つけた。「敷地内に車があるはずだ、その中から選ぼう。もしかすると豪華な……」ダニが再び片手をあげるのを見て、スタインは口をつぐんだ。

今度は全員が気づいた。聞き逃しそうなほどかすかなカチッという音。金属と金属が触れあう音だ。

次の瞬間、地獄が現実のものとなった。

イブラヒム・ハメディ博士は静かな夜の景色に目を向けながら、さらに音がしないかと耳を澄ました。何も聞こえない。この二〇分間はずっとそうだ。

彼が立っているのは、なめらかな石で造られた広いテラスの中心だった。テラスはテニスコートほどの大きさのプールに面していて、青々と生い茂る緑に囲まれていた。

外壁の向こうに広がる砂漠の植物相とは矛盾するものばかりが植えられている。ハメディにはそれらすべてが非常に象徴的だと思えた。ここを頻繁に訪れる人々と彼らの母国の現状に隔たりがあることを如実に表している。テヘラン南部のみすぼらしい地区出身の少年ならきっと宮殿だと勘違いするようなこの場所は、コムの核関連施設から三〇キロほどのところにあった。技術畑の者が呼ばれることはめったにない。政府高官や、宗教的あるいは政治的エリート層が訪れ、イランの技術が成し遂げた偉業に驚嘆したり、巨額のオイルマネーの使い道に不満を表明したりするために用意された施設だ。ハメディがここへ来たのは過去数カ月で二度目だった。最初は大統領本人に謁見するために。そして今夜は、関心を持つ国会議員のグループに話をするため、監督者評議会に招かれてやってきた。仕事は終わり、彼は気取った態度で噂話に興じたり、法学者の目の届かないところでは酒を飲んだりする議員たちを室内に残し、外へ出てきていた。

ハメディは頭を傾けて耳を澄まし続けた。夜の静けさを乱して遠くから届いていたパチパチという音は完全に聞こえなくなっていた。たっぷり一〇分間は続いたが、最後のほうは明らかに小さくなり、ついには砂漠に吸いこまれるように途絶えてしまった。続いて訪れた静寂は、予想どおりの結末を迎えた証拠だとわかっていてさえ、際立って静かに感じられた。それでもハメディは目を閉じて耳を澄ました。セミが鳴き、アフリカかインドシナ半島から輸入したらしいヤシの葉をそよ風が揺らす。だがそのとき目の前の熱帯風の庭園よりもっと場違いに感じられる音が背後でしたことに気づき、彼ははじかれたようにまぶたを開いた。空《から》のグラスの中で氷がぶつかる音だ。

「騒ぎはすでに収まったと思うが」ファルザード・ベルーズが言った。

ハメディは振り返らなかった。イランの安全を担う組織を率いる男の姿は、実際に目で見るより頭に思い描くほうがいい。名声を得る人物には二種類あるというのがハメディの昔からの持論だ。人目を引くハンサムか、あるいは風刺画に描かれるような変人で、悲惨な幼少期を過ごして人生の苦難に慣れきってしまい、つらいと感じなくなっている場合が多い。ベルーズは間違いなく後者だ。背が低くて青白く、男性的でも女性的でもない中性的な胴体に短い脚。寄りすぎている目を分断する位置に洗濯ばさみでつまんだような鼻があり、その両脇ににきび跡が点在する頬が広がっている。今はその顔に無慈悲な満足感が浮かんでいるに違いない。神話に出てくる醜いトロールを笑わせたら、きっとファルザード・ベルーズの姿になるだろう。

「自信満々ですね」ハメディは言った。けれども相手からの返答はなく、彼は失敗したと感じた。暗に非難したと受け取られかねない言葉だ。「またしても、あなたの情報源が信頼できると判明したのですから」ハメディは急いでつけ加えた。

「今のモサドはかつてとは違う」ベルーズが応じた。

「ええ、そうですね。しかし、以前から世間が信じているような組織ではありませんでしたよ。私に言わせれば、モサドは現実というより伝説なんです。いろいろと欠点はありますが、ユダヤ人は驚くほど作り話がうまい」

背後のベルーズが黙りこむ。相手の顔が見えないこの位置は、互いにとって都合がいいようだ。グラスの氷が再び音をたてた。

「テヘランからの客たちに、君はどこへ行ったのかと尋ねられた。啓発的な君の演説を聞いて、プロジェクトに関して尋ねたいことがたくさんあるらしい」

「彼らはいつもそうですよ」ハメディは冷笑まじりに言った。

「ああ、たしかに。私も我慢がならないと感じるよ。だが、彼らには彼らの役割がある。君も私も資金なしでは仕事ができないからな」

ハメディは何も言わなかった。

「われわれはそれほど違わないんだ、教授。ふたりとも大きな成果をあげ、それぞれの分野の頂点にのぼりつめた」

ハメディには、背後に立つ悪党の所業と自分の仕事が同等だとはとても考えられなかった。ベルーズは軍隊の中で出世の階段をあがってきた。無慈悲で残虐な行為を好む彼の資質は、戦場では役に立っただろう。野蛮な殺人行為に二〇年携わり、わずかに残っていた礼節もすべてなくしたあと、秘密警察に加わった。一方のハメディは学問、特に数学と科学において優秀な成績を収め、国内外の大学で研究を行った。私は知性を敬われているが、おまえは拳《こぶし》を恐れられているだけだとハメディは思った。似ているところがあるとしても、そこは決定的に違う。だが、実際に口にしたのは別の言葉だった。「今年に入って私の命が狙われるのはこれで二度目です」

「二度目の失敗でもある」

「彼らはあきらめると思いますか？」

ベルーズがため息をつく。「そこがユダヤ人の困ったところだ。やつらはあきらめることを知らない」

「まったくそのとおりです」ハメディは同意した。「だからこちらも同じように戦わざるをえなくなる」

「まさしく。だが、君の仕事はまもなく結実すると聞いた。運がいいぞ。究極の兵器をわれわれに引き渡しさえすれば、命を狙われることもなくなるだろう。一年、もしくは二年だ、ハメディ博士。そのあとは、こんな厳重警備も不要になるはずだ。もしかすると……私と顔を合わせることも二度とないかもしれない」

ようやくハメディは振り返り、醜い小男に向き直った。男は薄ら笑いを浮かべていた。

そのとき、陽気な着信音がかすかに聞こえた。ハメディの見ている前でベルーズが電話に出る。名乗ったあと、ベルーズは無言で耳を傾けた。無表情なままなので感情が読み取れない。

やがて通話を切って言った。「終わった。特殊部隊員は四人。全員が死亡した」

「四人」ハメディは思わず繰り返した。

「もっといると思っていたのか？　連隊でやってくるとでも？」

「イスラエルにとって私はひどい悪夢です。それくらいは当然だと思いますが。こちら側に犠牲者は出たんですか？」

「ああ」そこで初めて、ベルーズがためらうそぶりを見せた。「死者が二四名、負傷者が一八名だ」

ハメディは身をこわばらせた。ベルーズに背を向け、再び砂漠を見つめる。ふたりともしばらく無言だった。いったい何を言えばいいというのだろう？　ベルーズが動かすのは、イランで最も訓練を積んだ経験豊富な兵士たちだ。しかも彼らはいつどこで待ち伏せればいいか正確に知っていた。それにもかかわらず、四人を相手に一〇倍の死傷者が出たのだ。

「どういうふうに発表するつもりです？」ハメディはきいた。

「知りたいのか？　明日のニュースでは、イスラエルの暗殺者に勝利したと大々的に報じられるだろう。どうやって勝ったか？　そんなことを気にする者は誰もいない」

室内から、砂漠の夜の静けさを破る大きな笑い声が聞こえてきた。

「来たまえ」ベルーズが言った。「中に戻らなければ。君の専門知識を必要とする人々が大勢いる」

「ええ」ハメディは言った。「そうでしょうね」

ふたりはそれぞれの思いにふけりながら室内へ戻った。

だが勝利したばかりの戦いがこれで終わらないことを、そのときの彼らは知る由もなかった。それどころかイスラエルの今回の失敗がテルアヴィヴの上層部に、まったく別の角度からのアプローチを迅速に決断させることになる。標的のすぐ近くまで迫った九月二五日の攻撃は最後の攻撃とはならない。

まだ終わりではなかった。

1

三日後

午前中ずっと吹いている強風を受けながら、アントン・ブロフはキング・ジョージ・ストリートを足早に歩いていた。世界のほとんどの場所で、秋風は変化をもたらす存在だ。寒冷前線が枝から木の葉を落とし、空が暗い灰色になり、防虫剤とともにしまいこんでいた冬服に出番がまわってくる。だがここテルアヴィヴで九月最後の土曜に吹く風は、例年と変わらず暑かった夏の埃《ほこり》をただ舞いあがらせているにすぎなかった。

これが一年前なら、ブロフの散歩はかなり違ったものになっていただろう。二台の装甲リムジンと一〇人以上のボディガードが影のように寄り添い、彼が歩く予定の通りはすべてあらかじめ調べあげられ、監視されていたはずだ。職を辞してかなり経《た》つ今でさえ、ブロフにはたいていふたりのボディガードがついた。けれども今日は違う。今朝、彼は珍しい要請を受けた。後継者の腹心の部下が〝九時一五分にメイヤー庭園で。ひとりで来ること〟と手書きされたメモを持ってきたのだ。そういうわけでアントン・ブロフは最近の記憶にある限りで初めて、公道をひとりきりで歩いていた。妙に自由な気分だ。彼が悲観論者なら、至るところにアラブからの刺客が潜んでいる可能性を想像したかもしれない。しかし、イスラエルの諜報機関モサドの長官を務めた男が悲観論者でいられるわけがなかった。

ブロフは角をまわり、左手にある正面入口からメイヤー庭園に入った。そこでよく知った顔——というよりシルエット——を見つけた。クルーカットの巨漢が現れてブロフを出迎えた。男はスーツにネクタイ姿だった。安物だがきちんとアイロンをかけられたジャケットは二サイズほど小さすぎるようだ。あるいは筋肉質の腕や肩を強調するためにわざとそうしているのかもしれない。おそらく後者だろう。

「おはようございます」

声を聞いたとたん、ブロフは男のファーストネームを思いだした。「やあ、アモス」

そう、アモスは威圧的な外見にそぐわない笑顔の持ち主だった。彼が口を引き結んで言った。「長官がお待ちです。まっすぐ行って、右側の最初の小道をお進みください」

ブロフは指示どおりに歩いた。

丸々と太ったリスにピーナツを与えている、現職のモサド長官の姿が見えてくる。

全人類の遺伝子の平均値を出したら、レイモンド・ヌーリンの姿になるだろう。背の高さも体格も平均的で、頭髪は薄くなりかけているが禿《は》げてはおらず、五〇代という年齢にふさわしく白髪がまじりはじめていた。顔はまったく平凡で、鷲鼻《わしばな》でもなければ目の色が鮮やかなわけでもなく、目立つ特徴が何もなかった。服装もそれに合わせたように、高級でも安っぽくもなく、明るい色でもさえない色でもない。レイモンド・ヌーリンはカクテルパーティーで出会っても、一〇分後には名前を忘れてしまうような男だった。これが保険外交員や俳優だとマイナスになるだろう。だが、諜報機関のトップなら？　まさに完璧なスパイの見本だ。

ブロフがモサドを辞めざるをえなくなった際に、あとを引き継いだのがヌーリンだった。ブロフが指揮権を譲ったのちも、進行中の作戦を円滑に続けるため、数週間かけて何回か会合を持った。ブロフはヌーリンのことをほとんど知らず、さほど期待もしていなかった。ところが実際に会ってみると、外見の平凡さを裏切る高い知性の持ち主だと判明して驚かされた。それ以来、ふたりはまったく接触していなかった。だからブロフには、自分の後継者がどんな帝国を築いたのかさっぱりわからない。今日呼ばれた理由はもっと見当がつかなかった。

「おはよう、アントン」

「レイモンド」

ふたりは礼儀正しく握手した。

「来てくれて感謝する」ヌーリンが言った。「急で申し訳なかったが、理由を聞けば納得してもらえると思う」

ブロフは何も言わなかった。何気なく庭園を見渡したが、ほかに人の姿はない。食料品が入った紙袋を持った未亡人も、スパンデックスのウエアを着て軽快にベビーカーを押す母親もいなかった。ブロフはキャリアの大半を現場で過ごしたわけではないものの、さすがに二〇〇メートル先まで誰もいないとなれば、無人の空間が意図的に作られたものだと気づく。普段なら集団で控えているはずのボディガードすら、見える範囲内にはひとりもいない。今回もまた、ヌーリンに対する評価がわずかに上昇した。

ヌーリンがピーナツの袋をごみ箱に捨て、砂利敷きの小道をぶらぶらと歩きはじめた。ブロフもあとをついていく。

「仕事はどんな具合だ？」ブロフはきいた。

「君にそう尋ねられるとは思わなかった」

ブロフは珍しくにやりとした。

ヌーリンが言う。「教えてほしい。前任者にアドバイスを求めたことはあるか？」

「私を呼んだのはそのためか？　アドバイスが欲しいと？」

「まさか。それでは自分に不足があると暗に認めることになってしまう」今度はヌーリンがにやりとしてもおかしくない場面だったが、彼は真顔のまま続けた。「イランでのわれわれの最近の失敗については何を聞いている？」

「コムの件か？　新聞に載っていたことしか知らない」

「アントン、本気できいているんだ」

ブロフは小道で立ち止まった。ヌーリンが振り返ってブロフを見る。

「わかった」ブロフは言った。「私にはまだ長官時代の友人が数人いて、ギネスを飲みながらときどき話をするんだ。あれは最悪だった。優秀な人材を四人も失い、そのうちのふたりは私もよく知る者だった。それなのにハメディは無傷だ」

「われわれの中でも最高の四人だったことは否定しない。ひどい損失だ。被害者は六人になるところだったが、ひとりが怪我《けが》をして引き返さざるをえなくなり、任務からふたり抜けていた」

「実際には何があったんだ？」ブロフは尋ねた。

「基本的には新聞に書いてあったとおりだ。ハメディの襲撃に失敗した。もちろん、証拠は残さなかった。四人とも身元がわかるものは所持していなかったし、われわれも関与を否定した。それでも――」

「世間は信じていない」

「君は？」

ブロフはあえて返事をしなかった。

「君にも想像がつくだろうが、イランは今回の失敗にほくそ笑んでいるはずだ。六カ月前のテヘランでの襲撃のときと同様に」

「あの失敗も報じられていたとおりなのか？　バイクに乗った二名が暗殺を試みたが、ハメディに一・五キロまで近づいたところで警備隊に射殺されたのか？」

「そのとおりだ」ヌーリンが言った。

「やつの伝説がまた増えたな」ブロフは考えを巡らせた。「一度の失敗なら運が悪かったと思うだろう。しかし、二度となると……」声がしだいに小さくなって消えた。

ふたりは沈黙したまま、再び歩きはじめた。近くの遊び場で発生した土埃の渦が、小さな竜巻となって通り過ぎていく。

「情報漏洩《ろうえい》か」しばらくしてブロフが口を開いた。

「間違いない」

「情報漏洩は……残念だが、ある程度定期的に発生する。ただし、通常はもっと下級の要員のあいだで起こるものだ」

「ハメディ暗殺の任務はどちらも、限られた者にしか知らされていなかった」

ブロフはうなずいた。

「私の監視下でこんな問題が起きるのは初めてだ」ヌーリンが言った。「秘密裏に捜査を開始したが、この手のことには時間がかかる」

「そうだな。しかも予定より長引くものだ。さらに悪いことに、裏切り者が必ず見つかる保証もない」

ヌーリンが先にベンチに腰をおろした。

ブロフも隣に座り、人差し指をこめかみにあてて言った。「失敗したのは痛かったな。ただ、どうしても考えてしまうんだが……成功したとして、イランの計画を本当に変えられるものだろうか？　ひとりの人間がそれほど重要になりうるのか？」

「彼らにとってハメディは、アメリカに原子爆弾をもたらしたオッペンハイマーと同じだ。二年前にイランの原子力庁を掌握してからというもの、やつはわれわれにとって最悪の悪夢となった。ハメディが関与する以前、計画は完全な混乱状態に陥っていた。国際査察団の目を逃れるため、イランは計画を分割して、二〇の施設をかつてないほど深い場所に隠した。ミサイルの部品と大量の核物質はトランプのカードのようにシャッフルされた。その結果、それぞれの作業グループはほかのグループが何をしているかわからなくなり、計画が進まなくなった。われわれのスタクスネットやフレームといったコンピュータウイルスが、計画を実質的に停止させた時期もあった。ウラン濃縮用の遠心分離機が何千台も破壊され、ソフトウエア制御ネットワーク全体

が崩壊したんだ。あれはすばらしかった。ところが、ハメディが大きく変えてしまっ
た。あの男はホロコーストはなかったなどと発言した愚かな前大統領の言葉を繰り返
す、極端な反ユダヤ主義者だ。しかし一方でハメディは優れた技術者であり、組織を
効率よくする天才だ」

「ヒトラーが演説に長けていたのと同じだな」ブロフは思案した。「なぜ神は狂人に
そういった才能を与えるのだろう？」

「ハメディはイランの核が、対イスラエルを想定したものだと公言している」

「私が辞職したときは、イランがシャハブ4弾道ミサイルに匹敵するものを製造でき
るようになるまで三年はかかると見積もられていた。それが変わったのか？」

「われわれは数カ月と見ている。コム近郊の新しい施設に、必要な部品などが集めら
れているんだ。兵器として使用可能な純度にまでウランを濃縮するというハードルを、
イランはかなり以前にクリアしている。だからこそ交渉の席につき、経済制裁を解除
すれば核開発を遅らせることに合意した」

「原料はどのくらいと見ている？」ブロフは尋ねた。

「核弾頭六個分はあるだろう。もっと多いかもしれない。それらを使い、弾道ミサイ
ルの先端に搭載可能な大きさに縮小するとなると相当難しい。ところが残念なことに、
ハメディはほぼ成功しつつある」

「デモンストレーションを行うだろうか？　地下実験は？」

「もちろん。北朝鮮がアメリカに向けてパフォーマンスを行ったのと同じだ。効率のいい小型兵器の地下実験を行うのは、出生証明書を発行して、新たな子どもの誕生を発表するようなものだ」

「われわれの防衛はどうなっている？」

「アロー弾道ミサイル迎撃システムは、ただちに性能を高められるものではない。そういった長距離ミサイルにも対応できるようになると技術者たちは請けあっているが、彼らはパーセンテージや見込みには言及するものの、テルアヴィヴの壊滅に関して聞きたい数値のたぐいは口にしようとしない」

ブロフは黙りこんだヌーリンを見つめながら言った。「君はもう一度ハメディ暗殺を試みたい。そう考えていいのかな？」

ヌーリンがうなずく。

「君も問題に気づいているはずだ。作戦が二度も失敗したのは多大な恥であるだけでなく、今後の襲撃のチャンスを台なしにしてしまったということだ。背中に的をつけられたも同然のハメディはこれまで以上に警戒するだろう」

ブロフは反応を待ったが、ヌーリンは何も言わなかった。新しいモサドの長官は、前任者に答えを見つけさせようとしている。試しているのかもしれない。自分と同じ結論にたどり着くかどうかを。

ブロフは空を見あげ、一年前ならそうしていたように、進むべき道筋を考えながら小さく声に出して言った。「厳重に警護されている人物を抹殺しなければならない。しかも自分の組織内の上層部で情報漏洩が発生しているが、解決まで待っていられない。その点を考慮すると選択肢はただひとつ、部外者を使うことだろう。単独で動く者だ。信頼できて、絶対に口が堅くなければならない。世界には金で雇えるその手の者が存在する……」そこで躊躇《ちゅうちょ》した。「少なくとも、そう聞いたことがある」

ヌーリンは無言のままだ。

「しかし、失敗する可能性は高い。脱出が困難になると予想されるからだ。たとえ暗殺に成功しても、そのあと完全に姿を消さなければならない。君に必要なのは……」

ブロフは口ごもった。そして答えが見つかったとき、彼は自分がここに呼ばれた理由を理解した。ヌーリンに鋭い視線を向ける。

「やはり……君もそう思うんだな、アントン。すでに死んでいる男以上に完璧な暗殺者はいないと」

ヌーリンは再び口をつぐんだ。ブロフにあらゆる側面を考察させようというのだろう。そのあいだに、煙草《たばこ》のパッケージを取りだして一本抜き取る。ブロフには勧めなかった。ヌーリンはブロフが最近煙草をやめたことをすでに知っているのだ。モサドの現長官は煙草に火をつけて深く吸いこみ、一定の間隔で煙を吐きだした。煙がたちまち風にのって運ばれていく。

「だめだ」ブロフは言った。「うまくいくとは思えない」

「私はそうは思わない。彼は完璧だ、アントン。アメリカの手助けによって新たな人生を歩んでいるが、真の素性は誰も知らない。ダヴィッド・スラトンがかつて何者だったたか、知る者はこの世に三人だけだ。ふたりはこのベンチに座っている。そして三人目に関しては、気にする必要はない。スラトンは一年前に死んだ。ロンドン郊外の静かな墓地に墓まである。もはや存在しない男だ。書類上も、ネットワーク上も。モサドは何年も前にスラトンの過去を完全に消した。そして彼はわれわれの最も強力なキドン、すなわち暗殺者となったが、それからの数年は表に出ない影の存在だった。それが今では影すらも消えてしまった。スラトンはこのうえなく完全な、まったくの幻だ」

ブロフは無言を貫いた。

「肝心なのは、彼がわれわれの作りだした中で、誰よりも有能で優秀なキドンだということだ」

ヌーリンの言葉に、ブロフはかつての落ち着かない気持ちを抱えていた頃に引き戻され、はるか昔に忘れ去ったはずの葛藤を思いだした。スラトンに対するヌーリンの評価は彼が思っている以上に正しい。それでもイスラエルがスラトンのような殺人者を生みだしたことを誇りに思うべきか、それとも恥じるべきか、ブロフは決めかねていた。母国はスラトンに何をした？「スラトンは比類なき暗殺者だ。その点は間違いない。少なくとも、以前はそうだった。しかし、君の計画には決定的な欠陥があるよ、長官。彼は決して引き受けないだろう。新たな人生を歩みはじめているんだ。愛国心に訴えても、大金を積んでも、スラトンに興味を抱かせることはできないに違いない」

「だが、今でもユダヤ人であることに変わりはない。われわれの同胞だ」

ブロフは返事をしなかった。

ヌーリンは背中を丸めて前かがみになり、茶色い砂利を調べているかのようだった。もう一度長く吸いこんでから煙草を地面に落とし、これといって特徴のない靴のかかとで押しつぶして火を消した。

「それはそうと」ブロフは口を開いた。「ほかの者よりスラトンが適任だと考える理由はなんだ？」

「組織の内部から情報がもれた。それだけは疑いようがない。スラトンなら組織の外で動くことが可能だ。報告する相手を私に限定すれば、情報がもれることはないだろう。それよりも大きな問題……当初からわれわれを悩ませ続けている問題は、ハメディがイラン国内にとどまっていることだ。ところが、おそらく一度きりであろう好機が巡ってきた」

「やつが国を出るのか？」

ヌーリンがうなずく。

「どこへ？」

「それはスラトンと私だけが知るべきことだ、アントン。理解してもらえるだろう。どうせまもなく世間にも知れる。ただ、チャンスが訪れるのはこの三週間ほどのうちのいつかだとだけ言っておこう」

「三週間？　作戦を立てるには短いな」

ヌーリンが物悲しげな表情でブロフを見た。

ブロフは目を合わせ、それから視線を外して庭園を見渡した。「首相がまさにそんな顔で私を見たものだよ。私は否定ばかりするんだ。そうだろう？」

「たしかに……少なくとも、三階にいる者たちは皆、そう言う」

「彼らはほかになんと言っている？」

「君が常にイスラエルにとって最善のことをするだろうと」

ブロフは口をつぐんだ。

「スラトンを戻す方法があるんだ、アントン」

それから二〇分、ブロフはヌーリンの話に耳を傾けた。そして最後には聞かなければよかったと思った。

「では、ストックホルムで？」ブロフは尋ねた。

ヌーリンがうなずく。

「それでスラトンは？　どこにいることになっているんだ？」

優れたスパイ組織の長官らしく、ヌーリンはその答えも用意していた。

2

二週間後
ヴァージニア州クリフトン

アール・ロングはフォードF－150のハンドルを握り、敷地内の業者用道路を進んだ。濡れた砂利をトラックのタイヤが踏みしめる音が響く。牽引《けんいん》するトレーラーには石を積んだ荷役台《パレット》がのっているが、こうして運ぶのは今日の午前中だけで三回目だ。作業員がひとりきりにしては仕事ははかどっていた。やがて新築の屋敷が見えてくる。コロニアル様式の巨大な建物だ。よく手入れされた小高い丘に立っていて、植えられたばかりのクリやニレの若木がずらりとまわりを取り囲んでいる。造園業者ではないロングに正確なところはわからないものの、それらの木々には、彼が請け負った三〇メートルの擁壁に支払われる一万五〇〇〇ドルの、二、三倍はかかっていると思われた。だが見栄えがするようになるまでに、五〇年はかかるだろう。世の中には金を無駄に使う人間がいるものだ。

作業場は屋敷の反対側だ。ロングはできる限り業者用の道路を使うようにしていた。昨夜の雨でやわらかくなっているに違いない、新しい芝生を傷めたくなかったからだ。唯一の従業員は丘のふもとで、ひとつが四〇キロ近くある花崗岩《かこうがん》のブロックを運んでいた。この夏ずっとそうしてきたように。

コミュニティサイトに出した広告にエドマンド・デッドマーシュが応募してきたのは六月のことだった。当時ロングは一夜にしてすべての従業員を失っていて――全員がホンジュラスに強制送還された――すぐさまデッドマーシュをいつもどおり時給一二ドルで雇ったが、そのときはあとふたり補充が必要だと考えていた。ところが初日に、デッドマーシュはひとりで四トンもの石を動かした。それもただ動かしただけでなく正確に設置して、まるで芸術作品のように仕上げてみせた。一週間が過ぎた時点で、ロングは彼の時給を一五ドルにあげて求人広告を取りさげた。それから三カ月あまり、デッドマーシュは働き続けている。これまでの従業員なら三箇所も現場を経験しないうちに辞めてしまっていた、夏の盛りの時期も乗り越えた。毎日汗だくになりながらも、作業スピードが落ちることも手伝いを要求することもなく、ただ黙々と仕事を続けている姿は自分を罰しているのかと思えるほどだ。

ロングはトラックをバックさせて所定の位置に停《と》め、運転席から降りた。デッドマーシュに向かってうなずくと、同じようにうなずきが返ってきた。ロングは積み下《ボブキ》ろし機《ヤット》を操作してトレーラーからパレットを引きだし、できるだけ壁に近い場所におろした。従業員に少し楽をさせてやるべきだと思ったのだ。ボブキャットを戻すとトラックの運転席に戻り、スターバックスで買ったコーヒーを飲みながら送り状をパラパラとめくった。しかし、すぐに視線がデッドマーシュに向いてしまう。その動き方のせいだ。すばやいが、決して慌ただしくはない。ぬかるみに足を取られることも、石を置くときにバランスを崩すこともなかった。だがこれまでの従業員たちと何より違うのは、彼がほとんど音をたてないことだった。息も切らさず、不平も言わず、足を引きずってだらだら歩くこともない。つい昨日も、振り返ったら大きな石を抱えたデッドマーシュがすぐ背後にいて驚いたばかりだ。なんの音もしなかった。まったく、驚かされる。

　コーヒーのカップが空になり、ロングはトラックを降りた。「順調そうだな」盛り土を避けて近づきながら声をかけた。

　デッドマーシュは石を滑らせて所定の位置に収めてから、雇い主に尋ねた。「高さはこれでいいですか？」

「大丈夫だと思うが。測ってないのか？」

「最後の石を取りに行くときに、メジャーも持っていったでしょう」

　ロングがポケットを探ると、指が四角い金属に触れた。「ああ、そうだった」ポケットからメジャーを出して一二〇センチ引きだし、先端を壁の底部にあてて高さを測る。「ぴったりだ」

デッドマーシュはうなずいたが、特に満足そうな顔をするでもなく、すぐに次の石に取りかかった。

「うまいもんだ」ロングは言った。「この手の仕事は長いのか？」

パレットから石を引きだしたデッドマーシュは、やすやすとそれを抱えて振り返った。「だいたい三カ月です」

ロングは思わず笑った。「その前は何をしてたんだ？」

石は完璧な位置に置かれた。「政府の仕事を」

「公務員か？」

「ええ、そんなものです」

ロングはうなずいた。「数年前、女房の希望で、俺もそういう仕事をしたことがあったよ。郡の事務職にいいのがあるから口をきいてやるって仲間に言われて。建築主事ってやつだ」彼は首を振った。「だが長続きしなかった。一日中、仕切りの中に座りっ放しっていうのがどうもな」

デッドマーシュは無言でもうひとつ花崗岩のブロックをつかみ、ぬかるんだ地面の上でもまったくぐらつかずに向きを変えた。「手当はよかったんじゃないですか。子どもがふたりいれば金もかかる」

「ああ、女房が言ってたのがまさにそれだ。だけど俺たちみたいな人間は屋外で働くよう生まれついてるんだ。そうだろ？　青い空に緑の芝生」

デッドマーシュは返事をしなかった。汗でびっしょり濡れたＴシャツが、第二の肌のように体に張りついている。そういえば彼が働きはじめたときに、いい体格をしていると思った。そうでなければ雇わなかっただろう。花崗岩のブロックをあげたりおろしたりしてひと夏を過ごした今では、クルーザー級のボクサーのような体つきになっていた。引きしまった筋肉に厚く覆われ、どこにも脂肪がついていない。

「それで、政府のどこで仕事をしてたんだ？」ロングは続けた。

石を置き終えたデッドマーシュが振り向いてロングを見た。しばらく考える様子を見せてから口を開く。「仕事のあるところで」

一瞬ぽかんとしてから、ロングはくすくす笑いだした。「面白いことを言うな」

そのとき携帯電話の着信音が聞こえ、ふたりはデッドマーシュのバイクに視線を向けた。めったにないことだったが、電話が鳴るとデッドマーシュは必ず作業を中断して携帯電話をチェックした。今も壁を飛び越えてバイクに近づいていく。ＢＭＷの大きなバイクで、ロングはなんとなく違和感を覚えていた。一度、どうやってあんな高価なバイクを手に入れたのかと尋ねたことがあった。妻が医者なのでというのがデッドマーシュの答えだった。それを聞いて、ロングはもう少しで噴きだしそうになった。そんな男が三二度の熱さの中で石を運ぶ仕事などするはずがない。

デッドマーシュは携帯電話を手にして画面を確かめた。しばらくじっとしていたが、やがて動きだした。メールを打って、返事を待っているらしい。それから一分もしないうちに、彼は電話をポケットに入れてロングに言った。「行かないと」

それだけだった。なんの説明もない。デッドマーシュは無言でBMWのバイクにまたがり、キーに手を伸ばした。

「行く？　どういう意味だ？」

デッドマーシュは何も言わない。

「一時間以内に戻ってきて、このパレットの石を積んでもらわなきゃ困る。灌漑《かんがい》の担当者には今日の午後に終わると言ってあるんだ」

「自分でやってもらうしかない」デッドマーシュがエンジンを始動させると、大きな音が鳴り響いた。

信じられない。ロングは大股で歩み寄って男の正面に立った。パレットを指さして言う。「俺にあれを動かせだと？　冗談じゃない！　来週に給料を受け取りたいなら、ちゃんと――」

「迷惑をかけてすまないが、辞めさせてもらう。給料は取っておいてくれ」デッドマーシュはバイクをまっすぐに起こし、スタンドを蹴った。後ろに引っかけてあったヘルメットを取る。

「辞める？　ちょっと待ってくれ！」ロングは手を伸ばしてハンドルをつかんだ。

そのときだった。脚の後ろ側に鋭い痛みが走った。膝下を棍棒《こんぼう》で殴られたような痛みだ。状況を把握する間もなく、ロングは気づくと砂利の上に尻もちをついてデッドマーシュを見あげていた。

アール・ロングは大柄な男で、相手がひるむのか、喧嘩《けんか》を吹っかけられた経験があまりない。仕事でも私生活でも人と対立することはあっても、たいていは彼にとって好ましい結果に終わった。一九五センチで一一八キロのロングに対して、デッドマーシュは一〇センチは背が低く、体重は四〇キロ近く少ないはずだ。それなのに、動けなかった。男の目つきの何かのせいでロングはその場に釘付《くぎづ》けになった。酔っ払い、敵意をむきだしにした男たちを見たことがある。狂気に取り憑《つ》かれた男もいた。けれどもデッドマーシュは違う。人を寄せつけない険しいまなざしだ。極寒の冬の日の鉄灰色の空のように。

ロングは身じろぎもできずに座りこんでいた。

大型バイクが弾むように跳ね、後方に飛ばされた砂利がパラパラと顔にあたる。エンジンの回転数があがり、ギアチェンジの音がした。それを何度か繰り返したのち、バイクと乗り手の姿は一体となって遠ざかり、視界から消えた。アール・ロングは地面に尻もちをついたまま、呆然《ぼうぜん》と見送った。見晴らしのいい高台で、彼は思った——のちに正しかったと判明するのだが——エドマンド・デッドマーシュの姿を目にすることは二度とないだろうと。

3

スウェーデン、ストックホルム

クリスティン・パーマーは座席で腕時計に視線を落とした。ホールの席は半分も埋まっていない。学会に来ているほかの医師たちはこうなることがわかっていたのではないだろうか。オスロ大学で内科医学の名誉教授を務めるドクター・アドルフス・ブリーンは、細菌性前立腺炎についてかれこれ一時間も話し続けている。それだけでなく、外がすばらしくいい天気であることが、この午後を余計に耐えがたくさせていた。

学会に参加して三日、クリスティンは所属組織のイースタン・ヴァージニア州医師会が知れば誇らしげに笑みを浮かべるに違いないほど従順に、いくつものセミナーに出席してきた。だがそんな彼女でも、ドクター・ブリーンの話が彼の専門の〝慢性的な下痢《げり》における細菌の異常増殖の役割〟に移ると、もはや我慢できなくなった。列の端の席からそっと立ちあがる。

屋外に出たとたんに暖かい日光が顔に降り注ぎ、さわやかで新鮮な気分になった。

最近ようやく研修期間を終えたクリスティンにとって、学会に参加するのは今回が初めてだが、同僚たちから先ほどのセミナーへの参加を特に強く勧められた理由がやっとわかった。ストックホルムの港とストランドヴェーゲン通りを見渡せる、壮麗なストランドホテルが会場だからに違いない。タイミングも最高だった。あと数カ月もすれば、今歩いている歩道も雪と氷に覆われてしまうだろう。

クリスティンは通りを渡り、ウォーターフロントに巡らされた御影石《みかげいし》の小道をぶらぶらと歩きはじめた。ダヴィッドがここにいればよかったのに。そう思うのは初めてではない。彼女は無意識に後ろポケットに手を伸ばしたものの、そこに携帯電話はなかった。今朝は携帯電話が見つからず、遅刻しそうだったので、あきらめてそのまま持たずに部屋を出てきてしまった。ダヴィッドが知れば、ひどく怒るに違いない。

そもそも彼はクリスティンがここへ来ることに反対だった。新婚だからという単純な理由からだけではないと彼女にはわかった。クリスティンが一緒に行こうと誘ったとき、ダヴィッドはいろいろと口実を並べて断った。まずはコスト――最近は財政緊縮のため、医師会では学会などの行事に参加する際、配偶者の費用までは負担しないことになっていた。次に彼は自分の仕事を持ちだし、クリスティンとしては黙るしかなくなった。結局のところ、問題の根はもっと深いと思われた。スウェーデン語に堪能な点からして、ダヴィッドはモサドの諜報員《エージェント》だったときにスウェーデンで任務に就いたことがあるのではないだろうか。もしそうなら同行をいやがったのは、過去を忘れようとしているからかもしれない。ノルマンディー上陸作戦を経験した退役軍人の祖父が、再びノルマンディーの浜辺を訪れられるようになるまでに数十年を要したのと同様に。そういうわけで、クリスティンはひとりで来た。

ウォーターフロント沿いの歩道はにぎわっていた。目的もなく歩くカップル、ベビーカーを押す家族、祖父母の周囲を走りまわるブロンドの子どもたち。ストランドヴェーゲン通りに面した建物の正面《ファサード》はどれも荘厳で、クリスティンは大きな塔や円屋根、年月を経《へ》た煉瓦《れんが》の風合いを眺めながら歩いた。広い道路に沿って立つ大きな木々は、かつては馬車に日陰を与えていたのだろう。だが現在、それらが伸ばす枝葉の下を通るのは、路面電車やボルボの列だ。現代的な活気に満ちながらも、過去の時代の威厳を失っていない都市だ。

今朝は起きたときに胃の調子がよくなかったので、クリスティンは朝食を抜いていた。学会で用意されたランチは魅力的とは言えず、午後からの講義のラインナップを考えるとあまり食べる気になれなかったので、ビュッフェ形式の料理を軽くつまむだけにしておいた。だがこうして日光をたっぷり浴びて一〇月のさわやかな風に吹かれていると、食欲が戻ってくるのがわかった。クリスティンはカフェのひとつにふらりと入った。水路が見渡せるテーブルに案内され、スウェーデンの伝統的な習慣である

〝フィーカ〟にならい、コーヒーと甘いペストリーを注文して、休憩しながら外を行き交う人々を眺める。かなりの数の男性たちがベビーカーを押していることに気づき、スウェーデンの進歩的な育児法の産物だと説明されたのを思いだす。子どもが生まれると、父親たちの多くはたっぷり与えられる育児休暇を利用してわが子と過ごすのだ。クリスティンは、屋根付きの折りたたみ式ベビーカーを押すダヴィッドを想像しようとした。しかしこの一年で大きな変化を遂げたとはいえ、そんな彼の姿を思い描くことは難しい。今はまだ無理だ。クリスティンはコーヒーに砂糖とミルクを入れてかきまぜ、褐色と白が渦を巻いてまじりあう様子を見つめた。

ふと顔をあげると、どこからともなく現れたひとりの男性の姿が目に留まった。ビクッと手が動く。温かい液体が手首にはねかかり、スプーンがテーブルに落ちる音がしたが、クリスティンはほとんど気づいていなかった。金めっきを施した柵の向こう側で、その男性は広場に置かれた彫像のようにじっと立ってこちらを見つめている。

それは彼女がこの世で誰よりも会いたくない人物だった。

奈落の底へ落ちていくようだ。クリスティンは呼吸しようとしたが、真空に引きこまれたかのようにどうしても息ができなかった。アントン・ブロフは無言のままだ。

身動きもせず、無表情でただそこに立っている。自らの存在が及ぼす影響を承知しているのだ。

クリスティンとブロフを隔てているのは装飾が施された柵のみだった。だが、それだけではとうてい足りない。鉄格子か防弾ガラスが欲しかった。あるいは一〇〇〇キロもの隔たりが。冷たく厳しい顔は記憶にあるとおりだ。唯一、肯定的に受け止められるのは、ブロフが驚いたふりをしようとしない点だ。世間は狭いといった白々しい嘘《うそ》の表情を取り繕ったりせず、クリスティンのショックが治まるのを待ってようやく口を開いた。「やあ、クリスティン」

彼女は深く息を吸い、気持ちを奮いたたせた。「アントン」

「そこへ座ってもかまわないかな？」ブロフがきいた。子音を押しつぶすような訛《なま》りがある。

「いやだと言ったら？」

ブロフはクリスティンの言葉を無視して向きを変え、カフェの入口へまわった。案内係の女性と言葉を交わしたかと思うと、三〇秒後には彼の巨体が目の前にあった。テーブルの向かいの華奢《きやしや》な白い椅子に腰をおろす。口を開きかけたところにウエイトレスが来たので、ブロフはコーヒーをブラックで頼んだ。

ウエイトレスが立ち去ったとたん、クリスティンは先手を取って言った。「何が望みなの？」

ブロフがためらいを見せ、クリスティンはその隙を利用して彼を観察した。一年前とほとんど変化はない。引退して一、二キロは太ったかもしれないが、ブロフとの短い関わりの中でなじみになった、厳しいまなざしや眉間《みけん》のしわは以前と同じだった。悟りを開いたような陰鬱《いんうつ》な顔。

「ストランドホテルでの学会はどうだった？」ブロフが尋ねた。

答えを求める質問ではないと感じた。今さらごまかすつもりはないと宣言しているのだ。君がここにいる理由はわかっている、どこに滞在しているかも。何をしているかも知っているのだと。スパイはどういうわけか少ない言葉で多くを語るものだと、クリスティンは経験から学んでいた。

「学会？　あなたが現れるまでは楽しんでいたわ」

「ダヴィッドはなぜ一緒に来なかった？」

「エドマンドのこと？」

「君はその名で呼んでいるのか？」

「必要な場合は。カクテルパーティーとか、友人とのディナーとか。嘘をつくのが生活の一部になってきてるの」

ブロフは返事をしなかった。

沈黙がクリスティンに重くのしかかる。本質的に、彼女はブロフがまともな人間だとわかっていた。かつてはダヴィッドの上司で、イスラエルのために汚れ仕事をするよう命令を下していた。だが一方で、ダヴィッドがそれまでの人生を捨てて姿をくらます手助けもしてくれた。それにもかかわらず自分が落ち着かない気分になるのはおそらく、ブロフの存在が夫の過去を象徴しているからだ。

「ごめんなさい、アントン」

「さぞ驚いただろう。だが君が私を見てショックを受けたのは、いいしるしだとも考えられる。この一年でほかに……サプライズはなかったんだろう？」

「サプライズ？　つまり、暗殺者たちが復讐《ふくしゅう》のために、真夜中に家へ押し入ったことがあったかときいているの？　いいえ、そういうサプライズはなかったわ。キドンのダヴィッド・スラトンは消滅したの。この世から消えてなくなったのよ」クリスティンはさらにつけ加えた。「あなたが約束したとおりに」

ブロフが笑顔になった。ほとんど使わない筋肉を久々に動かしたのか、しわが寄ってぎこちない笑みだ。彼は厚みのある手を前に出した。船の形に折られたナプキンと皿が横に押しのけられ、小さな船はひっくり返った。

クリスティンは続けた。「実はダヴィッドも連れてこようとしたの。でも、理由をつけて断られてしまった」

「パスポートは問題なかっただろうに」

「そういうことではないみたい。ねえ、彼はここにいたことがあるの？」

「子ども時代の大半をストックホルムで過ごした。ダヴィッドがスウェーデン語に堪能なことは君も知っているはずだ」

「そんな意味できいたんじゃないわ。彼はあなたのためにこの地で仕事をしたことがあるの？　モサドの仕事を？」

一瞬の間《ま》が空いてから、ブロフが言った。「ああ」

何より簡単な答えだ。だがクリスティンの中にはもっと詳しく知りたい気持ちがあった。モサドにとってダヴィッドがどんな存在だったか承知しているものの、彼の過去の大部分はふたりのあいだで口にされないままになっている。今が詳しく知るチャンスだが、どうしても躊躇せずにいられなかった。果たして自分は本当に知りたいのだろうか？

彼女の心の揺れを感じ取ったのか、ブロフが言った。「クリスティン、君を捜しだす必要があった。重大な問題が持ちあがったんだ」

クリスティンはコーヒーに視線を落とした。〝重大な問題〟ほとんどの人にとっては、心雑音があると診断されたとか、所有する車のフェンダーが曲がったとか、そういうときに使う表現だろう。彼女は背筋を伸ばして椅子に座り直し、膝の上で両手を握りしめた。ダヴィッドがここにいてくれればと願う気持ちがますます強くなる。

ブロフは事務的な口調で続けた。「モサドの現在の長官はレイモンド・ヌーリンという人物なんだが、つい最近、私に会いたいと連絡してきた。数週間前、わが国の工作員のチーム四名がイランで命を落とした事件があった。それについては耳にしているかな？」

「ダヴィッドが『ワシントン・ポスト』の記事を見せてくれたわ。知り合いが関わっているかもしれないと言っていた」

「少なくともひとりは知っているはずだ。何年か前、私が長官だった頃に同じ任務に携わっていたのだから。名前はヤニフ・ステイン」ブロフは数週間前の作戦について、新聞には載っていなかった詳細を話した。それより数カ月前に失敗に終わった、もうひとつの作戦についても。性急に核弾頭の装備をたくらむイランを、モサドは必死で阻止しようとしているらしい。「鍵となるのが、その計画の頭脳であるイブラヒム・ハメディ博士だ。不首尾に終わった作戦は両方とも、彼を標的にしたものだった」

「アントン、そんな話は教えてもらわなくて結構よ。だって――」

「来週」ブロフはクリスティンをさえぎった。「ハメディはイランを離れる予定だ。モサドの長官はハメディに隙ができると考え、再度作戦を試みることを決めた。問題は――」

「あなたのところの長官の問題なんてどうでもいいわ！　私は学会のためにここへ来てるの。ダヴィッドと私には私たちの人生がある。あなたともイスラエルとも関わりたくない」

そこへブロフのコーヒーが運ばれてきて、会話は中断を余儀なくされた。ウエイトレスが立ち去ると、ブロフはコーヒーには目もくれずに口を開いた。「クリスティン、どうか聞いてほしい。モサドは危機に陥っている。先ほど話したふたつの作戦が失敗したのは、裏切り者がいるからだ。組織内のどこかから情報がもれて……モサドは身動きが取れなくなっている。今度の襲撃のチャンスにも直接行動を起こすことができない。だがヌーリンはハメディィを狙う方法がもうひとつだけあると考えた。組織の外にいる人物を使わなければならないが」

クリスティンは身をこわばらせた。衝撃のあまり、自分でも驚くほど冷たくかすれた声が出た。「言わないで」椅子を引いて立ちあがる。「彼に近づかないで！」声がだんだん大きくなる。「私たちのことは放っておいて！」

ブロフも立ちあがってクリスティンの腕をつかんだ。すさまじい力だ。「私はヌーリンにそう伝えた！」声を押し殺して言った。「この件では、私は君たちの味方だ！」

ふたりは周囲の注目を集めていた。

ブロフがゆっくりと繰り返した。「私は君たちの味方だ」

クリスティンはためらいながらも再び腰をおろした。

ブロフが続ける。「ヌーリンには、ダヴィッドは絶対に引き受けないだろうと言った。どんなことをしようが彼を復帰させるのは不可能だろうと。だがヌーリンは、ダヴィッドを説き伏せて任務に就かせるために私を呼びだしたわけではなかったらしい。私を説得するつもりはなかったんだ」

クリスティンは目を細めた。「それなら何が望みだったの？」

「ヌーリンは、ダヴィッドが任務を引き受けざるをえなくなると信じている。そして私に……君が今日、ここストックホルムにいると教えた。ひとりで」

最初のうち、クリスティンは意味がわからなかった。医師として誤解を招かないよう率直な表現を用いることが習慣になっているが、言葉の裏の意味を探る訓練は受けていない。しかしブロフの言わんとすることをようやく理解したとたん、体が凍りついた。彼は話し続けていたが、内容はほとんど耳に入ってこなかった。

「わからないか？」ブロフが言った。「私はイスラエル側で、君が信頼していい唯一の人間だ。モサドの長官は私に手助けを求めた。私なら抵抗されずに君を連れてこられると考えたからだ。私は承知したと返事をした」

めまいがする。けれども痣《あざ》ができるほどきつく腕をつかんだ手より、さらに強い視線でとらえられ、目をそらすことができない。

「ヌーリンにはそう言った。だが実際は、君を助けるためにここへ来た。なんとかして逃がすつもりだ」

クリスティンは首を振った。「あなたが何を言おうとしているのか――」

「よく聞いてくれ、クリスティン。目立たないように通りの向こうに視線を向けるんだ。シルバーのアウディと、男がふたり見えるだろう。ひとりは縁石の上に立ち、もうひとりは運転席に座っている」

取り乱しそうになりながらも、できるだけさりげなく頭を傾けたクリスティンの視界に、光る水辺に停まった一台の車とふたりの男の姿が映った。立っているほうの男は黒髪で、背が高くがっしりしている。運転席の男は禿げていて首が太い。

ブロフが言った。「カフェの入口近くの歩道に三人目がいる。電話で話している男だ」

クリスティンが示された方角に視線を向けると、たしかに微笑《ほほえ》みながらのんきそうに話をしている男がいた。恋人をデートに誘っているか、テニスの試合の日程でも決めているかに見える。

ブロフの口調がゆっくりとした慎重なものになった。「君は私の言うとおりにしなければならない、クリスティン。君のためだ。ダヴィッドのためなんだ」

クリスティンはテーブルの縁を握りしめた。何かにつかまらずにいられなかった。

ブロフは陰鬱な目で彼女を見つめている。以前はダヴィッドにこのまなざしを向けていたのではないだろうか。イスラエルの殺人マシンとして彼を世界中に送りだす前に。

「彼らは君を車に押しこむつもりだ。空港ではプライベートジェットが待っているだろう。今この瞬間、彼らは私が君を騙《だま》しておとなしく車へ連れてくると考えているはずだ」

　クリスティンはちらりと通りを見た。

「私はこれから支払いをすませて立ちあがる。そうしたら君は私の腕を取り、ふたりで出口へ進む。私が合図をしたら、向きを変えて走れ。カフェのレストランのほうへ入り、中央の通路をまっすぐ奥へ向かうんだ。厨房《ちゅうぼう》を通り過ぎるとドアが見える。路地に通じているドアだ」

　握っている手の下でテーブルが揺れはじめた。水の入ったグラスに意識を集中させて見つめていると、催眠術にかかったように頭がぼうっとしてくる。

「路地に出たら、左に曲がれ」ブロフがクリスティンの片手をテーブルから引きはがした。通りからは見えないほうの手だ。何かが押しつけられるのを感じて視線をさげると、そこには車のキーがあった。「路地の入口の近くにダークブルーのサーブが停めてある。直進して、それから右折だ。急ぐ必要はない。君は先にスタートするし、彼らは何を捜すべきかわかっていないのだから。私は可能な限り彼らを引き留めておく」

クリスティンは懇願の目でブロフを見た。こんなことはやめてほしい。

ブロフが声を低くした。「ほかに方法がないんだ、クリスティン！」

「だけど……そのあとはどうすればいいの？」

再びブロフがテーブルの横から手をまわしてきた。今度は、見あたらないと思っていたクリスティンの携帯電話がその手に握られている。

ブロフはきかれる前に答えた。「君に連絡できないようにするために、ゆうべ君の部屋から取ってきた。今は電源を切ってあるが、そのままにしておくんだ。電源が入っていると追跡される可能性がある。ポケットに入れておきなさい」

クリスティンは携帯電話を受け取って、後ろポケットに入れた。ホテルの客室に侵入した方法についてはあえて尋ねなかった。

「ダヴィッドにはすでにメッセージを送った。こちらへ向かっている途中だ」

「ダヴィッドがここへ？　彼になんと言ったの？」

「明日まで待って」ブロフはクリスティンの質問を無視した。「携帯電話で彼に連絡するんだ。タクシーかバスか、動いているものの中から。ダヴィッドが応答しなければまた電源を切って移動し続け、翌日の同じ時間にもう一度連絡を試みる。そのあいだは何をしてもかまわないが、ホテルに戻ってはならない。私が足止めできなかった場合、彼らが最初に捜すのが君のホテルだ」

「あなたは……」メトロノームの停止ボタンを押したように、思考が止まって動かなくなった。「どうしてここまでしてくれるの、アントン？」

ブロフは慎重に言葉を選んでいるふうに見えた。「何年にもわたって、ダヴィッドには多くのことを頼んできた。決心したのは一週間ほど前の、ヨム・キプールのときだった。われわれユダヤ教徒の贖罪《しょくざい》の日だよ」ウエイトレスが伝票を持ってきた。ブロフはそれを受け取り、現金で支払って立ちあがった。「さあ」

クリスティンは椅子を後ろに引いたが、脚に力が入らなかった。ブロフに肘を取られてようやく立ちあがり、彼と一緒に歩きだす。歩道の男はまだ携帯電話で話し続けていた。距離は一〇メートル。

「準備はいいか？」ブロフがささやき、微笑みを浮かべた。高校のダンスパーティーに娘をエスコートする父親のように。

返事の代わりに、クリスティンは外の男に目を向けた。だが、それは間違いだった。視線が合ったことに気づいたとたん、男の顔から作りものの笑みが消えた。ジャケットの胸ポケットに携帯電話を滑りこませた次の瞬間、男は銃を手にしていた。

「行け！」ブロフが叫んで彼女を押しのけた。

クリスティンはよろめいた。なんとか転倒は免れたものの、ためらいに体が凍りつき、動くことができない。銃を抜くブロフの姿が視界に入ったかと思うと、すさまじい発砲音が響き渡った。歩道の男が倒れる。通りの方角から別の銃声が聞こえた。直前までふらついていた脚に突如として力がみなぎる。クリスティンは走りだした。混乱する客たちを肩で押しのけ、薄暗いレストランエリアへ向かう。人々は悲鳴をあげて逃げ惑っていた。スピードを落として振り返ると、ブロフが何か――いや、誰か――に銃口を向けているのが見えた。ブロフの体が一度、二度と揺れ、石が落下するように崩れ落ちる。衝撃を受け、クリスティンはブロフのもとへ駆け寄りたい衝動に駆られた。けれども体はあとずさりしていた。起きあがってと祈りながら、彼女はブロフを見つめた。しかし、彼は動かない。

発砲音がやんだ。

慌てて向きを変えたクリスティンは、ウエイターにぶつかった。彼の持っていたトレイが大きな音をたてて床に落ち、食べ物や食器があたりに散らばる。通りの男たちが銃撃戦の混乱で彼女の姿を見失っていたとしても、今の音で居場所を知られたに違いない。そして案の定、車のそばに立っていた大男がクリスティンを発見し、指さしながら通りを走って渡ってくるのが見えた。

クリスティンは半狂乱の料理人を押しのけて通路へ出た。ブロフに教えられたとおり、突きあたりにドアがある。クリスティンは駆けだし、スピードを落とさずにドアを走り抜けた。ところが路地に飛びこんだとたん、厨房のごみを入れた箱につまずいて転び、地面に突っ伏してしまった。なんとか顔をあげると、目の前に車があった――ブルーの車だ。彼女は急いで起きあがり、車に駆け寄った。ロックされていないドアから乗りこむ。驚いたことに、車のキーはまだ手の中にあった。助かるための唯一の頼みの綱として、きつく握りしめていたのだ。クリスティンはキーをイグニッションに差しこもうとした。

だが、キーは合わなかった。

4

クリスティンは手のひらでキーを叩いた。キーはおかしな角度で入ってしまい、動かなくなった。

「そんな、嘘でしょう！　だめ、だめ、だめよ！」

肩越しに振り返る。追っ手の姿はまだ見えない。もう一度試してみても、キーはどうしてもまわらなかった。クリスティンは慌てふためき、シフトレバーを確かめた。ちゃんとパーキングに入っているし、足もブレーキを踏んでいる。

ほかに何が問題なのだろう？　ハンドルロックが解除できない。いまいましい安全装置だ。彼女はハンドルをひねると同時にキーをまわしてみた。だが、やはり引っかかって動かない。

そのとき、背後で物音がした。

クリスティンが振り向くと、あの大男が銃を抜いて路地を見渡していた。

クリスティンは外から見えないように体を下へずらし、そこで初めて何が問題だったのかに気づいた。ハンドルに記されたエンブレム。この車はフォードだ。ブロフが言っていたことを思いだし、思わず座席を平手で打った。〝路地に出たら、左に曲がれ〟クリスティンはつまずいて倒れ、顔をあげたところでブルーの車を見つけた。けれども方角が違っていたのだ。彼女がヘッドレストの隙間からうかがうと、警戒しながら反対方向へ歩いていく男の姿が見えた。銃を構え、視線をあちこちに向けている。三〇メートルほど先に、ブルーの車がもう一台あった。目の前のイグニッションに押しこまれているキーが、ぴったり合うはずのサーブ。クリスティンは手を伸ばしてキーを引っ張ったが、どうしても抜けなかった。ぐずぐずしている暇はない。男はすぐに戻ってくるだろう。もしかすると男の相棒が現れて、路地のこちら側を調べるかもしれない。移動しなければ。

クリスティンは助手席へ移った。男から見えにくい位置だ。彼女がもう一度確かめると、追っ手の男は路地の反対端でサーブの中をのぞきこんでいる。クリスティンが正面に視線を戻したところ、ほんの五、六メートル先に脇道があった。今の状況ではひどく遠く感じられるものの、気づかれずにあの角を曲がることができれば逃げきれそうだ。

ガラス製品を扱うかのように、そっとドアハンドルを引く。カチッとかすかな音がするのを確認して、クリスティンはドアを押し開けた。少し開いたドアをついたて代わりにして、低い体勢のまま外へ這い出る。そこから角まであと二歩というところまで進んだとき、叫び声がした。

「止まれ！」

クリスティンはウォーターフロントを目指して駆けだした。自転車をかわし、カフェの惨状に目を奪われている見物人たちをよけながら。背後のカフェでは、アントン・ブロフが血の海に横たわっているのだろう。彼女が振り返ると、大男が追ってきているのが見えた。車のあいだをすり抜けて通りを渡ろうとしている。ぶつかりそうになった車がクラクションを鳴らした。ドクター・クリスティン・パーマーは人を治療するのが仕事だが、今回ばかりはぶつかればよかったのにと思わずにいられなかった。今や彼女はスピードをあげて走っていた。怯《おび》えた女のやみくもな走り方ではなく、高校のときにしていたハードル走のように大きな歩幅《ストライド》で。だが、それでも男はどんどん近づいてくる。運転席に座っていた相棒の男の姿は見えない。ブロフに撃たれたのだろうか？　考えてもしかたがない。銃を持った男はひとりでたくさんだ。

クリスティンは水辺の小道を走った。左手には人出の多い通りがあり、その向こうにホテルや店が立ち並んでいる。右側は港で、短い桟橋に沿って係留されている遊覧船や、旅客が乗降中の客船が見えた。息が苦しい。週に二五キロほどジョギングをして体を鍛えているが、命懸けで走るのとはわけが違う。

遠くで複数のサイレンが鳴っている。警官がカフェへ急行しているに違いない。だが、助けを求めてそちらへ行くことはできない。混雑した横断歩道で、クリスティンは自転車に乗った女性とぶつかりそうになり、とっさに向きを変えて衝突を回避した。再び走りはじめたものの、急停止する。三〇メートル前方に、ボンネットを開けた車が停まっている。シルバーのアウディ。ふたり目のモサドの男はエンジンの上に身を乗り出しているが、目はまっすぐクリスティンに向けられていた。

ここにきて初めて、彼女はパニックに陥った。彼らはダヴィッドと同じくプロだ。車はクリスティンを捕らえるのに完璧な位置に停められていた。違法駐車になるので、運転者は故障を装ってボンネットを開けている。一分か、二分くらいは誰にもとがめられないだろう。そして彼らにとっては、それだけあれば充分なのだ。もしかすると、モサドのスパイ向けハンドブックに書いてあるのかもしれない。大男のほうは通りを迂回《うかい》して、一五メートル後方に迫っていた。スピードを落とし、雄牛のように激しくあえいでいる。

クリスティンは左右に頭を巡らせた。逃げ道はない。どの方角も完全にふさがれている。万事休すだ。ウォーターフロントを目指したのは間違いだった。彼らがつかまえやすいように、自分から囲いに入ったも同然だ。叫んで助けを求めることもできるが、警官は別の場所で忙しくしている。何しろ銃撃戦があり、通りに死体が転がっているのだから。いずれにせよ、モサドの工作員がふたりいれば、ヒステリックにわめく女のひとりくらい、ボンネットを開けた車で行く手をふさいだのと同様に手際よく処理するだろう。

彼らは徐々に近づいてくるが、武器は見せなかった。必要ないからだ。クリスティンを含めた三人ともがそのことを理解していた。ほかは重要ではない。彼女は港のほうを向いた。水は冷たそうで、飛びこむのはためらわれた。そのとき、交通量の多い通りや街の喧騒の真ん中で、クリスティンの耳はひとつの音を聞き分けた。低く響く音だ。遊覧船が係留されている方角に目を向けると、係留場所を離れかけている別の種類の船が見えた。全長およそ一〇メートルの実用的で飾り気のない船は、港湾の管理に使われるものかもしれない。ケーブルや巻き上げ機《ウィンチ》や、二〇〇リットルのドラム缶がいくつも積まれている。乗組員がひとり、甲板で係留ロープをしまっていた。操《そう》舵室《だしつ》にもうひとりいるはずだ。船尾から黒い煙が立ちのぼっている。

クリスティンは駆けだした。ディーゼルエンジンの排気ガスをたなびかせて加速する船を目で追いながら、木製の桟橋を蹴って走る。船室《キャビン》に入ったのか、甲板にいた乗組員の姿は消えていた。桟橋の端まであと五メートル。彼女は振り返らずに走り続けた。男たちが追ってきているのはわかっている。船の最後尾はすでに桟橋から一・五メートルほど離れていて、見ているあいだにもどんどん遠ざかっていった。推力があがるにつれ、エンジン音が高くなる。もう二メートルは離れただろうか。それとも三メートル？　考えてもどうにもならない。

クリスティンは全速力で走り、ふたつのものだけに意識を集中させた。桟橋の最後の一枚の板と、油にまみれた船の太い手すりだ。彼女は一瞬もためらわず、走り幅跳びの選手が跳躍するように最後の板を蹴った。両腕を広げて舞いあがった体が、船の側面に叩きつけられる。衝撃でバウンドしながらも、クリスティンは必死でつかまる場所を探した。右手に触れた、ざらざらした網状のものに爪を立て、死にもの狂いで握りしめる。彼女は船の縁にぶらさがっていた。上半身で鋼鉄の船体にしがみつき、下半身は冷たい海水に浸かって引きずられている状態で。手が滑りはじめたが、もう片方の手が太い麻の塊を探りあてた。係留ロープだ。クリスティンはそれをきつく握りしめると、体をよじったり反動をつけたりして、なんとか片脚を引きあげた。ようやく全身が手すりを越え、彼女は濡れた金属製の甲板に倒れこんだ。

あばらが痛い。前かがみになりながら、クリスティンは左舷に沿ってよろよろと歩いた。乗組員は見あたらない。船はスピードをあげて海上を力強く進み、甲板を風が吹き抜けている。彼女は座りこみ、息を整えようと操舵室の壁にもたれかかった。そこで初めて、思いきって振り返る。ふたりの男は身ぶりをまじえて話しながら桟橋に立っていた。やがてひとりが携帯電話を取りだした。クリスティンは目を閉じると操舵室の壁から背中を引きはがし、痛む胸に膝を引き寄せて座り直した。後ろポケットに手を伸ばして携帯電話を引っ張りだす。電話はびしょびしょに濡れ、画面はひび割れていた。

「嘘でしょう!」

ブロフに言われたことを無視して電源を入れる。何も起こらない。割れた画面は

真っ暗なままだった。

張りつめていた気持ちがついに折れた。「ああ、ダヴィッド」クリスティンは息を

あえがせてつぶやいた。「私はどうすればいいの?」

桟橋に立つ男たちはまだこちらを見ているが、その姿はどんどん小さくなっていく。

クリスティンが前方に目を向けると、船首の先にある水路の向こうに、迷路のように

入り組んだ街の通りや防波堤が見えた。さらに向こう側では都市部の運河が海とまじ

りあっている。緑に覆われた島々と曲がりくねった水路。不意に、どこからともなく

答えが現れた。

まさしくダヴィッドが言っていたとおりにするのだ。

5

一九時間後、スカンジナビア航空A三四〇型機は約六五〇〇キロの旅を終え、ストックホルムのアーランダ空港へなめらかに着陸した。大型ジェット機が滑走路を走行してターミナルの所定の位置に停まると、三一二人の乗客たちによってお決まりの光景が繰り広げられはじめる。ブリッジを渡って通路を抜け、整列用簡易仕切り《ベルトパーテーション》のあいだを通って、〝到着〟と記された場所へ押し寄せるのだ。

そんな人々の中に、少し髪を乱した背の高い男がいた。日焼けして健康そうだが、明らかに疲れきっている。ポロシャツの裾を出し、しわの寄ったコットンパンツをはいた姿は、有益な休暇を過ごして戻ったばかりといった感じだ。日光にさらされて色の抜けた髪と、数日剃っていないらしい、ざらついた髭がつながっている。履き慣らした靴は緩めたままで、磨きこまれた石の床の上を細い紐《ひも》を引きずって歩いていた。特におかしなところは何もない。疲れて元気がないのは九時間かかった夜行便のせいだろうと推測できる。一見したところ、ほかの大勢の人たちと変わらない、取りたてて特徴のない旅人だった。しかし、もっと注意深く見る人がいれば――そんなことをする者はいなかったが――彼を際立たせるいくつかの特徴に気づいたかもしれない。

男はまったく無駄のない静かな動きをしていた。左手にバッグを持っていたが、ぎこちなさやバランスの悪さは少しも感じられない。ゆっくりと落ち着いた歩き方は測ったかのように正確で、肩がぶつかったり目が合ったりしないよう、周囲の人との接触をうまく避けている。何より、目立たずあちこちに視線を配っていた。

やがて入国審査を受けるために人の流れが停止した。ダヴィッド・スラトンは〝非EU加盟国〟の列に並ぶ五〇人ほどの後ろに辛抱強く立っていた。携帯電話を確かめる。到着してから二度目だ。クリスティンからの連絡はなかった。彼は昨日受け取ったメッセージを呼びだして画面を凝視した。〝助けて！〟たったひと言だが、かえって深刻さが伝わってくる。スラトンが電話をかけても、クリスティンは応答しなかった。それ以降、携帯電話からもパソコンからもメールは送られてきていない。いったい何があったのだろう。そう考えるのも、もう何度目になるかわからなかった。いつも思い浮かぶ恐ろしいシナリオは、いずれもひとつに集約される――モサドの一員として過ごしていた以前のスラトンの人生が、猛烈な勢いで反撃に出たのだ。

こんな日が来ないことを願っていた。彼が準備しておきたかった、そしてクリスティンが否定したがっていた不測の事態だ。はるばる海を渡っているあいだもそうしていたように、スラトンは自分がどう反応すべきか考えた。これまで訓練を積み、先を読む力をつけてきた。予測が可能ならコントロールできるからだ。ところがここへきて初めて、それが難しく思えた。クリスティンと最後に顔を合わせたときのことや、彼女に言えなかった言葉を思い出し、どうしていいかわからなくなる。そういう困難な状況に立ち向かった人たちを目にしてきた。同じスナイパーチームに、病気の子どもを抱えた観測手がいた。偵察でパートナーを組んだ相手が泥沼の離婚を経験した。個人的な問題は邪魔になると考え、スラトンは以前から任務には持ちこむまいと決意していた。ところが今回は違った。実際に自分の身に降りかかると、そうはいかないとわかったのだ。

ここまで来るのに迷いはなかった──そうするしかなかったからだ。できるだけ急いでストックホルムへ来なければならなかった。だが、これからどうする？　昔と違って手助けは期待できない。資金も情報もなく、大使館の職員もおらず、外交特権もない。かつてのスラトンはそれらが与えられるのは当然だと思っていた。モサド中枢部にあるオフィスで、組織の誰かが手配してくれていた。

入国審査を待つ列は少しずつ前に進み、より短い五つの列に枝分かれした。カウンターに近づいたスラトンは、入国管理官を観察した。中年の女性で、髪を脱色してべっこう縁の眼鏡《めがね》をかけている。よく手入れされた左手の指に結婚指輪はない。糊《のり》のきいた制服に包まれた体はほっそりしていた。ランナーかもしれない。目のまわりに、最近サングラスをかけて戸外で過ごしたことを示すかすかな日焼けの跡があった。週末に一〇キロレースに出場したというところだろうか。スラトンがこんなふうに人を観察するのは久しぶりだった。

彼は窓口に進んだ。

「パスポートを」入国管理官が歯切れよく言った。

手渡したパスポートが機械に通される。彼女が視線を注いでいるディスプレーには、エドマンド・デッドマーシュというアメリカ人の情報がふんだんに表示されているはずだ。フルネーム、出生地、年齢、身長、体重。ほかの情報が載っている可能性はあるだろうか？　今のところ、彼を待ち構えている者はいないようだ。警察も法務省もスウェーデン公安警察も現れていなかった。この状態が長く続けば続くほどいい。

女性管理官が尋ねた。「どのくらい滞在される予定ですか？」

「数日だけです」

彼女はパスポートを返して微笑んだ。今度は少々必要以上に長くスラトンと目を合わせる。「スウェーデンの滞在をお楽しみください、ミスター・デッドマーシュ」

その瞬間、スラトンは気づいた。

昨日、妻の必死なメッセージを受け取ってから今まで、彼は迷いを感じていた。葛藤で気持ちが揺れ、決断しかねている状態だった。しかし入国審査カウンターに立ったこの瞬間に、すべてがはっきりした。スラトンの人生の目標はただひとつ――クリスティンを見つけだして安全な場所へ連れていくことだけだ。そのために、かつての自分に完全に逆戻りしなければならないとしたら？

そうするまでだ。

切り替えは驚くほど簡単だった。ダヴィッド・スラトンは美しい女性との気軽な戯れに興味はない。だがたとえ服にしわが寄っていてもかなり魅力的な旅行者に見えるエドマンド・デッドマーシュなら、返す答えは決まっている。彼は人を引きつける笑みを女性管理官に向けた。

「ありがとう。そうしますよ」

そう言うと、キドンは出口へ向かって歩きだし、そのまま姿を消した。


五分後、スラトンはタクシーに乗りこんだ。

「ストランドホテルまで」

「ストランドホテルね」運転手が繰り返す。

無骨な感じの男で、タクシーの運転手をするならもっと笑顔が欲しいところだ。髭の剃り残しがある点もマイナスだった。片言の英語でお決まりの天気の話や、スウェーデンは初めてかといった会話を試みてくる。訛りから判断して東ヨーロッパ出身、おそらくブルガリア人だろう。スラトンが最低限の受け答えしかしなかったので、会話はすぐにとぎれた。

たいていの人はタクシーの後部座席に乗っている時間をぼんやりと過ごすものだ。だが暗殺者《キドン》は違う。何よりも重要なのは位置だ。スラトンは運転手の手が見える場所に座った。手がハンドルの上に置かれているか、それとも別のところにあるのかを知りたいからだ。バックミラーはもっと微妙な雰囲気まで伝えてくれる。だからスラトンは、必要なら運転手の目を見ることができるが、肩を動かせば相手からは見えなくなる位置を選んだ。両側のサイドミラーもチェックする。後ろの車を確認するためではなく――ひそかに頭を巡らせるほうがよく見える――特に停車したとき、リアフェンダー沿いの、通常は見えない場所を監視するためだ。タクシーのセキュリティ対策は標準的だった。ドアはときどき見かける自動でロックがかかるタイプではない。スラトンはドアの掛け金の位置を確認した。運転手は窓をおろしたドアに肘を置き、運転に集中しているようだ。前後の座席のあいだにはプレキシガラスの仕切りがあり、開口部は人が通り抜けられない大きさだった。それでも近づくことは可能だ。たくましい腕なら、穴からハンドルをつかめるだろう。緊急事態になれば、そうやってこのタクシーを操作できる。たいていの場合、これらの詳細な情報が必要になることはない。だがいつか、この情報の有無が大きな違いを生じる日が来ないとは言いきれない。

三〇分ほどしてタクシーが市内の中心部に近づくと、スラトンは周囲を観察しはじめた。ストックホルムへ来るのは何年ぶりだろう？　八年？　それとも一〇年になるか？　いろいろと変わっているはずだ。バスのチケットの買い方や、地元のサッカーチームはどこが強いかなどが。今はあらゆる場所に監視カメラが設置され、商業地区や市営駐車場や、交通の流れを監視しているに違いない。スウェーデン語はまだ充分に通じる自信があったものの、ほとんど使うことはないだろう。ヴァージニア州で、よく手入れされた芝の上を石の塊を抱えて運ぶエドマンド・デッドマーシュが、六カ国語を流暢《りゆうちよう》に操れるはずがないからだ。

タクシーは混雑した幹線道路に出た。すぐに港が目に入る。もう一度曲がると、遠くに目的の場所が見えてきた。幅が広く背の高い建物がウォーターフロントの縁に、御影石でできた玉座のごとく堂々とそびえている――ストランドホテルだ。スラトンは座席にもたれて考えを整理しようとした。クリスティンはここのどこかにいる。だが、それだけだ。彼はまだスタート地点にたどり着いたにすぎない。クリスティンがいる客室のルームナンバーすら知らないのだ。スラトンは自らを戒めた。この一年間は緊張を解き、キドンとして身につけた能力が低下するに任せていた。射撃ではなくリサイクルに励んだ。偵察ではなく、食料品の買い物計画を立てた。今クリスティンがつらい目に遭っているのは、彼の中途半端な心構えが原因だ。スラトンの気の緩みがもたらした直接の結果なのだ。

二度と油断はしない。

午後一時一四分、スラトンはホテルの入口にかかる日よけの下に降りたった。タクシーの運転手に支払いをすませ、ベルボーイにバッグと一〇ドル札を渡して、すぐ戻ると告げる。チップの額はよく考えたうえで決めた。一、二時間して戻ったときにバッグを預かったことを覚えていてもらうには充分だが、明日になればスラトンのことなど忘れてしまう程度の金額だ。

スラトンはホテルを出てすぐに向きを変え、通りを歩きはじめた。あとをつけられてはいないと確信しているものの、本音を言えば尾行されたかった。クリスティンにつながるかもしれないからだ。彼は水路の先にあるベルツェリー公園まで歩き、右に曲がった。二度ほど短い休憩を挟みつつ不規則な網目状の通りを進み、王立ドラマ劇場では足を止めて、アール・ヌーボー様式の建物を驚嘆の目で眺めた。それから西へ進路を変えて、王立公園まで行く。一九世紀初頭の、かなり評判の悪かった国王カール一三世の像を通り過ぎ、手入れの行き届いた公園の景色を楽しみながらぶらぶら歩いた。左に曲がり、ストレンブロン橋のところでペースを速める。そして出発してから二七分後の一時四一分に、ストランドホテルへ戻ってきた。

時間を有効に費やせたと思う。タクシーが集まり、運転手たちがフェンダーにもたれて煙草を吸っている場所を二箇所発見した。水上タクシーと地下鉄の両方に使える、乗り降り自由の一日乗車券を購入し、路面電車とバス会社が提供するインターネットの接続ポイントを七つ見つけた。近くの駐車場には駐車係のいる受付デスクがあり、五〇台もの最新モデルの車のキーがボードにかけられていた。混雑する場所や一方通行の通りなど、交通の流れがほかと違うところは頭に入れた。スタル通りの銀行の外には、小型機関銃のステアーＴＭＰを持った二名の警備員が配置されていた。王立公園の付近に置かれた可動式の詰め所には警察官がふたりいて、両者ともセミオートマティックのシグ・ザウエルと予備の弾倉を携帯していた。全力で走れば、四分ほどでホテルへ駆けつけるだろう。また、ホテルには搬入口が一箇所と非常口が六箇所あり、北向きの棟はすべて、通りに面した窓に格子がついていないことも確認した。

そこまでしてようやく、スラトンはストランドホテルへ入っていった。

入口を抜けたところで足を止め、あたりに注意深く目を配る。

ツタに覆われた風格のある外観とは対照的に、ホテルのロビーは現代スカンジナビア風の内装でまとめられていた。カエデ材を用いた堅木張りの床に、フィンランドのリヤ織りのラグが敷かれ、現代的な椅子や備品はすべて、ガラス製か光沢のあるクロムめっきが施されたものだ。しかしレイアウトは別にして、スラトンは家具にはまったく興味がなかった。代わりにロビーの配置を記憶にとどめる。カウンター、階段、エレベーター、ラウンジ。さまざまな音に耳を傾け、全体的な雰囲気をつかんだ。経験を積んだ目を宿泊客や従業員に向け、自分と同じように場慣れして見える者はいないかどうか探った。だが、注意を引くものは何もない。

フロントには係員がふたりいた。どちらも女性だ。隣接するコンシェルジュデスクには、それより年かさの男性がひとり。コンシェルジュは宿泊客の対応に忙しくしていたので、スラトンの選択肢は自動的に狭まった。彼はフロントデスクに歩み寄って、ふたりのうちの若いほうの女性の前に立った。二〇代前半、ブロンド、魅力的な笑顔。感じのいい応対。

スラトンが近づいた気配を感じたらしく、フロント係が顔をあげた。「カン・ヤー・ヤエルパ・デイ」

予測どおりだ。ブルーグレーの目とライトブラウンの髪――ひと夏を屋外で過ごしたせいで、いつもより明るい色――のせいで、アメリカ人というよりスウェーデン人らしく見えるのだろう。ついでに言えば、イスラエル人にも見えないはずだ。スラトンが役に立つとモサドが考えるもうひとつの理由でもある。

「すみません」スラトンは言った。「アメリカ人なんです」

フロント係は難なく英語に切り替えた。「そうなんですね。何かお困りですか?」

「こちらの宿泊客の居場所を捜してるんですが、ルームナンバーを知らないんです。調べてもらえますか？」

「そういった情報はお知らせできないんです」フロント係が言った。スラトンにはすでにわかっていた答えだ。「ですが、もしよろしければ、お客様とお話しできるよう部屋におつなぎいたしますが」

「それでかまいません」

「お名前は？」

「クリスティン・パーマー。ドクター・クリスティン・パーマーです」

注意深く見ていたスラトンは、フロント係がためらうのを感じた。彼女が細い指でコンピュータに名前を入力する。

「宿泊していらっしゃいますね」

フロント係は横にあった内線電話をスラトンのほうに向け、もう一度コンピュータを使ってつないだ。再度、彼女の指先に注目する。幸い、フロント係はキーボード上部の数字の列ではなく、テンキーを使った。一〇個の数字の並びを記憶していれば、指の動きだけでなんと入力したか簡単にわかる。七、三、二、四。七はおそらく内線をつなぐときにつける番号なので、クリスティンは三二四号室にいるということだ。

あるいは、いた。

スラトンは内線の受話器を取り、呼び出し音を聞いた。クリスティンが応答するのではないかと、かすかな希望がわいてくる。この電話で午後の昼寝から目覚め、ふたりで夕食をとりながら大いなる誤解を笑いあえるかもしれない。八度目の呼び出し音が鳴ったところで、彼は通話と期待の両方をあきらめた。

「残念ながら、いないらしい」スラトンは言った。「あとでもう一度試してみます。ありがとう」

「どういたしまして」フロント係がにっこりする。背を向けようとしたスラトンに、彼女はつけ加えた。「少々お待ちください……」またしてもためらっているようだ。

スラトンは警戒した。フロント係が右手にいるもうひとりの女性係員のほうをちらりと見るのがわかった。ふたり目の女性は身をこわばらせて立ち、スラトンの背後を凝視している。

若い美人のフロント係が何か言いはじめたが、彼は聞いていなかった。カウンターの後ろの壁の、ステンレス製の細い縁飾りに注意を向けていた。鏡のようになった表面に、こちらへ歩いてくる三人の男が映っている。

スラトンは振り返らず、少しだけ体を動かした。脚の幅を広く取り、左足をじりじりと後退させて備える。ブリーフケースを置いたり、携帯電話をポケットに入れたりする必要はなく、両手はすでに空いていた。そうやって身構えながら、何か武器になるものを探して視線を動かした。だが、ここは格式あるホテルのフロントデスクだ。そんなものは見あたらない。

　あと一〇歩まで近づいたところで、男たちが左右に分かれた。訓練を受けた者の動きだ。可能性はふたつある。残念ながら、かなり異なる対応を要するふたつだ。スラトンは最悪の場合を予測して、頭の中で動きの予行演習を行った。半歩後ろにさがり、左に回転して、右側の一番大きい男の頭にかかとを落とす。次に、中央の標的に右肘を見舞う。実際にうまくいけば、そこで終わりだ。乱闘を始める前に、スラトンはもう一度だけ年上のフロント係をうかがい、彼女の表情を慎重に吟味した。心配そうだが、落ち着いている。警戒しているものの、カウンターの裏に身を隠す準備をしているわけではないらしい。そう確信して、スラトンは決心した。

　男たちが三歩後ろに来たところで、彼はゆっくりと振り向いた。

　中央の一番小柄でほかのふたりより一〇歳ほど年上に見える男が、ジャケットの襟元に手をやった。そしてその手がこちらへ向けられたときには、スラトンの予想どおり、使いこまれた身分証明書が握られていた。

「ポリーセン。ヴィ・ヴィル・プラータ・メード・デイ」

　スラトンはいぶかしげな表情で男を見た。「英語でお願いできますか？」

「警察です。お話をうかがいたいのですが」

6

「何か身分を証明できるものを見せていただけますか?」

スラトンは中央の男にパスポートを渡し、彼が携帯電話に〝エドマンド・デッドマーシュ〟と打ちこむのを見つめた。ブックエンドのように男を挟んで両側に立つふたりは身動きもせず、無関心に見えた。正直なところ、スラトンは警察と話せて好都合だと考えた。ちょうどこれから連絡しようと思っていたのだ。しかし、彼らがこのホテルにいる点は歓迎できなかった。クリスティンについて尋ねられたフロント係が合図したのだろうが、スラトンが特別に認識されているという事実は悪い前兆に思えた。クリスティンが関係するなんらかの理由があって、警察がストランドホテルへ来ているることになるからだ。しかも簡単な捜査なら、警察官を三人もよこすとは思えない。

「妻の居場所を捜してるんです」スラトンはいぶかしむふりをして言った。

「お名前は?」

「ドクター・クリスティン・パーマー。ここへは学会のために来ています」

真ん中の男はしばらくスラトンをうかがっていたが、やがてパスポートを返して言った。「ミスター・デッドマーシュ、ちょっと話しましょう」

四人はガラステーブルを挟んで向かい合わせにソファが置かれた、ロビーの静かな一角へ移動した。リーダーらしき男はサンデション警部と名乗った。鼻が曲がり、やたらと傷がある五〇代後半くらいの小柄な男だ。実際に見たことはないが、バンタム級のプロボクサーはきっとこんな感じだろう。手ごわさが伝わってくると同時に、何も見落とさず、何も聞き逃さないに違いないと思われた。最も目立つ特徴は、濁りがなく鋭いアイスブルーの目だ。事務的に握手したのち、サンデションはソファのひとつに腰をおろした。ともに筋骨たくましい巨体でまじめくさった顔をした一対のモニュメントのようなふたりの男が、ゆっくりとサンデションの両脇にまわる。

「クリスティンのことを教えてもらえませんか？」スラトンは尋ねた。演技する必要もなく声が尖った。

「われわれも捜してるんです」

「どうして？」

「実はあなたに同じ質問をしようとしていました。なぜこちらへ？」

「昨日、クリスティンからメールを受け取りました。そのとき私はアメリカにいたんです」スラトンは携帯電話を取りだし、サンデションにメッセージを見せた。

警部はいかにも新たな情報とばかりに画面を凝視しているが、すでに内容を知っているのではないかと思われた。本当にクリスティンを捜しているなら、まず彼女の通信記録を入手したはずだ。

「このひと言だけのメールに基づいて」サンデションが言った。「あなたはストックホルム行きのできるだけ早い便を予約したんですか？」

「そうです」スラトンは感情をまじえずに答えた。「助けが必要だと妻が言ってきた。連絡を取ろうとしましたが、彼女は電話に出ませんでした。だから最初の便に乗ったんです」すべて事実だが、サンデションが徹底した人間なら、それについてもおそらく確認済みだろう。

「こういうことは以前にもあったんですか？」警部が尋ねた。

「妻が助けを求めてきたことが？　いいえ、一度もありません。ひどく心配なんです、警部。なぜ警察が関わっているんですか？」

冷静なアイスブルーの目がスラトンを探った。「まず、奥さんの身に危険が迫っていると考える根拠は見あたりません」

「妻の身に危険が迫っている？　いったいどういう意味です？」

「昨日、近くのカフェで発砲事件がありました。男性がふたり撃たれた。あなたの奥さんはそのときカフェにいたんです」

「怪我をしたんですか？」

「いいえ」サンデションが言った。「少なくとも、われわれの知る限りでは。しかし発砲が始まる直前に、犠牲者のひとりと話していた姿を目撃されています」

「誰と？」

「残念ながらそこが厄介で、身元がわからないんです。だからこそ、奥さんと話がしたい。あいにく……」重苦しい沈黙が続いた。

エドマンド・デッドマーシュとして、スラトンは感情を見せない目でサンデションを凝視した。

「銃声がしてすぐ、ウォーターフロントを駆け抜けていった女性の姿が……われわれはあなたの奥さんだと確信していますが、多くの目撃者によって確認されています」

「走っていたんですか？」

「男に追いかけられていました。たぶん襲撃者のひとりでしょう」

スラトンは両手で頭を抱えた。サンデションたちに見せるためだが、一部は本心から出た反応でもあった。今聞いたことと、すでに知っている事実を組みあわせようと試みるものの、考えられる可能性に打ちのめされそうだった。もっと情報が必要だ。

「男がクリスティンを追いかけてたんですか？　どうして？　強盗か何かだったんでしょうか？」

「現在のところは違うと言っておきましょう。しかし、本当にわからないんです」

ある程度は誠実さが感じられる返答だった。落胆がまじっていると言っていいかもしれない。「わかりました。その男が妻のあとを追っていた……それからどうなったんです？」

「それも大勢が目撃しています。しかも証言はすべて似通っている。目撃者たちによれば、奥さんは追跡を逃れるため、動きはじめていた船に飛び乗ったようです」

スラトンにとって初めてうれしい答えが出てきたが、サンデションにそのことを告げるつもりはなかった。デッドマーシュを演じたまま、懐疑的な口調で言った。「船に飛び乗った？　どこへ行ったんです？」

サンデションは両の手のひらを上に向け、わからないという仕草をした。

「誰ひとり身元が判明していないんですか？」

「残念ですが、今のところはまだ」

「だが、先ほどあなたは男性がふたり撃たれたと言いましたよね。スウェーデンの人は運転免許証とか、身分証明になるものを持ち歩かないんですか？」

感心にも、サンデションは落ち着きを失わなかった。「ふたりともスウェーデン人ではないと思われます。あなたならなんらかの情報をご存じではないかと期待していたんですが」

「いったい何を？　妻は医師で、学会のためにここへ来たんですよ」スラトンは陪審員に証拠を提示する弁護士のように携帯電話を掲げた。「彼女から助けを求める連絡が来た。そしてあなたの話によると、妻は銃を持った男に追いかけられていたらしい」

「男が銃を所持していたことを話しましたか？」サンデションがすばやくきいた。

「発砲があったと言ったじゃないですか」

しばらく、ふたりとも無言だった。サンデションは冷静な視線をスラトンに向けている。わずかでも偽りやためらいが見えないかと、表情を探っているのだろう。スラトンは絶望とこみあげる怒りをあらわにしてみせた。

サンデションがため息をつく。「いいでしょう、ミスター・デッドマーシュ。あなたはわれわれ同様、状況を理解していないようだ」

「できるものなら理解したいですよ」

「それでも、奥さんを見つけるために手伝ってもらえることがあるかもしれません」

「なんでもします」

数分後、一行が乗りこんだ覆面パトカーは、車のあいだを縫うように走っていた。スラトンは後部座席で、大きいほうのブックエンドと肩を並べて座っている。クルーカットのブロンドでがっしりした、にこりともしない男だ。おそらく警察官たちには、スラトンを怖《お》じ気《け》づかせて反発できない精神状態にする意図があるのだろう。これから彼らの質問に答えて無駄に一日を過ごすはめになりそうだ。写真を見せられたり、汗と恐怖がしみついた部屋で煮つまったコーヒーを飲ませられたりするに違いない。スラトンはテイクアウトの食べ物がのった、傷だらけの木製テーブルを想像した。県警本部へ向かっていると考えたのだ。

しかし、予想はあたらなかった。

7

アルネ・サンデション警部は慎重にふるまわなければと考えながら、覆面パトカーの後部座席に座る男に目をやった。ミラーに映るそのアメリカ人に好奇心をそそられていた。

この二四時間、サンデションは精力的に捜査を行った。事件解決のためにはどんな捜査でも最初の数時間が非常に重要なのだが、今回は壁にぶちあたってしまった。ひとつには、全体のつながりが見えないせいだ。撃ち合いがあったが、動機が見つからない。追われて通りを走って逃げた医師は傷ひとつない経歴の持ち主だ。それなのに、動きだした船に飛び乗る決断をするほど命の危険を感じていた。何より厄介なのは、今回の事件に関わった五人のうちたったひとり身元の判明したその医師が、容疑者ではなく被害者らしいことだった。現場から救急車で搬送されたふたりの男は運転免許証とパスポートを所持していた。だが、トルコで発行されたというそれらはすべて明らかに偽造されたものだった。もっともサンデションが受けた報告によれば、生体認証チップや変色インク、蛍光繊維を用いた質の高い偽造で、どれもひとりの人物の手で作られたものらしい。最初は密輸に関係した事件かと思った。その可能性はまだ消えたわけではない。しかし、そう片づけるには些細《ささい》な疑問が残る。背後に座る男の存在に、サンデションはさらに疑念をかきたてられた。

スピードを出していたうえ、同乗者に気を取られていたので、クングスブロン橋を渡ったところで道を曲がり損ねた。急いで軌道修正しようとして、ベルギー大使館の外にいた歩行者を轢《ひ》きそうになる。サンデションは声に出さずに悪態をついてアクセルを緩めた。この三五年間、キャリアの終わりに近づいた警察官を見続けてきて、確実に学んだことがふたつあった。ほとんどの者は速度を落として引退という名の出口へとゆっくり進みはじめる。朝は数分遅れて警察署に出勤し、よほど不向きでなければ書類仕事をしたり、電話番をしたりするのだ。やがて形だけの送別会の日が来て、背中を叩かれ、ケーキや反応に困る贈り物を渡される。だがそれもすぐに終わり、日々の業務に没頭する仲間たちに存在を忘れられていく。しかし、道はもうひとつある。男でも女でも、残り時間をただおとなしく過ごすことはせず、その結果が導くものが栄光か破滅か、いずれにせよ常に注目を浴び続ける道だ。

俺はそれを目指しているのか？　サンデションは自問した。

バックミラーに目をやる。だが、どういうわけか、後部座席の男はミラーに映らない位置に移動していた。頭の運動の一環として、サンデションはデッドマーシュの情報を詳細に思いだしてみた。ヴァージニア州から来た石積み職人。それが嘘でないことは、手にできたタコが証明している。目の色は？　あまり見かけないブルーグレー。なんだ、簡単すぎるな。では靴の色は？　サンデションは記憶をたどったが、すぐには思いだせなかった。どんな色だった？

ブラウンで紐が黄褐色の履き古した靴だ。デッキシューズだが、有名ブランドのものではない。アメリカサイズで一一か一二。

そうだ、思いだせた。

彼はアクセルをわずかに強く踏み、赤に変わったばかりの信号に対して警察官の権利を行使した。クラクションを鳴らされながらも無事に交差点を通り抜ける。アルネ・サンデションの口元にかすかな笑みが浮かんだ。

数分後、サンデションは急角度で車をターンさせて、聖イェーラン病院の駐車場へ入った。焼成煉瓦とガラスを用いた建物は現代的だが、実際はスウェーデンで最も古い施設のひとつで、一三世紀にまでさかのぼる歴史ある病院だ。戦争や飢饉《ききん》、そして八〇〇回もの北欧の冬を乗り越えたこの病院は、君主たちや政府の統治をずっと監督してきたと言っても過言ではない。

サンデションは先頭に立って守衛に身分証明書を見せ、デッドマーシュとブリクス巡査部長とともにエレベーターに乗りこんだ。ドアが閉まると、下へ向かう唯一のボタンを押す。

デッドマーシュが見つめていた。「なぜ病院に?」

「発砲事件の犠牲者ふたりがここに運ばれましたが、どちらも身元が判明していません。実はふたりとも偽造文書を、それも非常に精巧なものを所持していたんです」

デッドマーシュは無反応だった。エレベーターが階下に到着し、ドアが開いた。サンデションは、デッドマーシュがスウェーデン語で遺体安置室と書かれているプレートに目を向けたことに気づいた。このアメリカ人の素性を知らなければ、デッドマーシュがスウェーデン語を理解できていると思ったかもしれない。「彼らを見て、どちらか一方でも知っている人物でないかどうか確かめてほしいんです」

「なぜ私にわかると思うんです?」デッドマーシュがきいた。

「ふたりのうちのひとりと奥さんが顔見知りだったことはわかっています。だからあなたも知っている可能性がある。結婚されてどれくらいですか?」

「約六カ月です」

「ずっと前からお互いを知っていたんですか?」

「いえ、そうではありません。知りあってほんの数カ月で結婚しました」

「では、共通の友人は多くなさそうだ」サンデションはそれとなく言った。

「たいていの夫婦より少ないでしょうね」

一行は重厚な金属製のドアにたどり着いた。サンデションはブリクスを先に行かせ、デッドマーシュを振り返った。「それでもかまいません。あなたに見てほしいんです。ただし警告しておきますが、ここは遺体安置室です。大丈夫ですか?」

「妻を見つける助けになるなら……もちろん大丈夫です」

サンデションは陰鬱な笑みを浮かべた。「いいでしょう。そういう協力はいつでもありがたいものです」

8

スラトンは警部に続き、刑務所の扉のようにも見える金属製のドアを通って室内に入った。外観はいかにも現代建築という感じだったが、最下階のここでは建物の原形がより色濃く表れていた。ヨーロッパでよくあるように、昔から残る土台を補強したのだろう。古い骨格に新たな器を取りつけたのだ。彼が立っている硬い石の床は、地球の内部に直結しているのではと思うほど古めかしかった。漆喰《しっくい》の天井には、むきだしの換気ダクトが見える。何世紀も前のものらしい石壁に、インターネットの配線が留めつけられていた。二一世紀の石積み職人として、スラトンはそれらを興味深く眺めた。

薄暗い照明のせいで、未塗装の壁は不気味な黄色に見えた。遺体安置室にふさわしく、室内は冷たく湿っていて洗浄剤の刺激臭がしたが、それでも死臭はぬぐいきれていなかった。スラトンはこれまでにも何度か遺体安置室を訪れたことがある。もっと規模が大きく、爆撃や戦争の犠牲者であふれていた。それと比べると、ここには亡くなったばかりの人間をのせる安置台が一二と、遺体に品位と衛生面のバランスを取った適切な処置が施されるまで、この世に残された遺族が待つための控え室がひとつあるきりだった。係員の姿は見えなかったが、近くのオフィスから聞こえてくるユーロポップらしいテクノビートが、この部屋の異様な雰囲気を増大させている。

引きだされた台の上に、オフホワイトのシーツをかけた死体がのっていた。警部に導かれてスラトンが長いグレーの台の片側にまわると、部下が覆いをめくった。スラトンは遺体を凝視した。サンデション警部の視線を感じる。様子を観察されているのがわかった。

「救急隊員が到着したときは、まだ息がありました」警部が口を開いた。「そのあとも集中治療室で九時間生き延びたんですが」

スラトンは何も言わなかった。

「それで？　彼を知っていますか？」サンデションが尋ねた。

「いいえ、見たことはありません」

サンデションはしばらくスラトンを見つめていたが、それ以上きこうとはしなかった。

スラトンは遺体に背を向け、じめじめした部屋を見まわした。「もうひとりは？」

「上の階です」サンデションが答える。「幸い、そちらのほうはもう少し暖かい」

エレベーターに向かう途中でサンデションの携帯電話が鳴った。彼は断りを入れ、六階までの案内をブリクス巡査部長に託してその場を離れた。六階に到着すると、図体の大きい北欧人の巡査部長はスラトンにしばらく待つよう言い渡し、ナースステーションにいたかわいらしい若い女性と話を始めた。

スラトンは並んで置かれた椅子を見つけて腰をおろした。階下の遺体からはほとんど情報が得られなかった。見えたのは顔だけで、本当に誰だかわからなかった。黒髪で色黒、おそらく三〇歳くらい。シーツがかかっていた感じから、ほどよく鍛えた体つきをしていると思われた。イスラエル人かもしれない。だが、トルコ人やギリシア人、エジプト人の可能性も否定できない。死体のほかの部分も見ることができればもっとわかったかもしれないが、そうするための筋の通った理由を考えつけなかった。胸の中心に致命傷を負っていただろうか？　どこに、何発被弾していたのか？　正確な情報を得られたら、プロの仕業かどうか判別できるかもしれない。そうすればスラトンも自分が誰を相手にしているのか、ある程度あたりをつけられる。しかしそれらの疑問に対する答えを知りたいと思う一方で、彼はこれが細心の注意を要するゲームだと承知していた。スラトンが過剰に興味を示せば、サンデションは疑いを抱くだろう。スラトンはしかたなく、情報収集に関してさしあたりは受動的な立場に徹することに決めた。

やがてサンデションが現れ、ついてくるようスラトンに合図した。

ふたりは明るい廊下を歩いた。何もかもが白く、消毒剤のにおいがする。集中治療室に入ると、看護師が点滴を調整していた。ベッドにふたり目の被害者が横たわっている。その人物がもたらす情報は、先ほどの遺体よりずっと多かった。スラトンは元上司、アントン・ブロフの姿を見つめた。

ブロフはたくさんの管や線につながれ、身動きもせずに横たわっていた。浅黒い顔は血の気がなく、口に差しこんだ人工呼吸器をテープで留めているせいでゆがんで見えた。しかし間違いなく、そこにいるのはブロフだった。サンデションに観察されていることはわかっていたので、スラトンは反応を示さないよう全力を尽くした。だが、うまくいかなかった。人生にはどんなに訓練を積んでも自制心を鍛えても、和らげることのできないショックが存在する。古い友人に早すぎる死が迫っている姿を目のあたりにすることは、そのひとつだった。

「容体は？」スラトンは尋ねた。

「薬で昏睡《こんすい》状態に置かれています。三発撃たれたらしい。外科手術で二発は取りだせましたが、最後の弾は脊椎の近くに埋まっているそうです。そこで今後の治療方針が決定するまで、容体を安定させているんです。医師たちは家族と連絡を取りたがっている」サンデションは言葉を切ってからスラトンを促した。「それで？　彼が何者か、心あたりはありますか?」

「いいえ」スラトンは言った。警部の突き刺すような視線を感じる。「妻は犠牲者のひとりと話をしているところを目撃されたとおっしゃっていましたね。それがこの人なんですか?」

「そうです」

スラトンは最後にもう一度ブロフを見てその姿を脳裏に焼きつけてから、背を向けて廊下に出た。

続いて集中治療室を出てきたサンデションが言った。「残念ながら、身元の判明にはつながらなかったようだ」

「お役に立てたらよかったんですが、警部」

「ええ、まあ……心配は無用です。ほかの方法で突き止めてみせますよ。ああ、そうだ、もうひとつあるんです、ミスター・デッドマーシュ」

「クリスティンに関係のあることでしょうか?」

「あいにく違います。あなたのパスポートに関する管理上の問題です」

「どういうことです?」

「もう一度見せていただけますか?」

スラトンは後ろポケットからパスポートを取ってサンデションに渡した。警部はそれを、放射線科医がX線写真を見るように廊下の蛍光灯にかざして調べはじめた。

「何か問題でも？」スラトンは尋ねた。

サンデションは眉をひそめ、パスポートを返した。「パスポートそのものに問題はありません。合法的に発行されたもののようだ」両手をポケットに突っこむ。「ただ、非常に興味深い連絡があったんです。本部であなたの入国審査に関して調べていた者が……いや、通常の捜査の一環ですよ。あなたは今日、アーランダ空港に到着したんですね？」

「ええ」

「ところが、その電子記録が消えてしまったらしいんです。あなたのパスポートに記された名前を入力しても、何も出てきません。過去の記録を調べてひとりだけ見つかったエドマンド・デッドマーシュは八九歳のイギリス人で、この三〇年はスウェーデンを訪れていません」

スラトンは肩をすくめた。「だから？　きっとコンピュータが故障したんでしょう。入国審査の窓口でパスポートを渡して、何ごともなく出てこられたんですから。なんだったら、担当の管理官がどんな人だったかも説明できますよ」サンデションの部下はすでに監視カメラの映像を確認しているだろうと思いながらつけ加えた。

「ええ、おっしゃるとおり、コンピュータの不具合でしょうね。さて、私は本部へ戻らなければなりません。携帯電話の番号を教えていただけませんか？　奥さんの所在について何かわかったらお知らせできるように」スラトンは番号を伝えた。サンデションが引き換えに名刺を差しだして言った。「奥さんから連絡があれば、ただちに知らせてください」

「そうします」スラトンは出てきたばかりの部屋をちらりと見た。「ひとつ質問があるんですが、警部」

サンデションが頭を傾け、続けるよう促した。

「先ほど見せていただいたふたり……どちらかがもう片方を撃ったんですか？」

答えは即座に返ってきた。「弾道検査の結果はまだ出ていません」

「でも発砲は公共の場で、カフェで起こったんですよね。目撃者がいたはずだ」

警部がスラトンを見つめた。「状況が整理されれば必ずお知らせします。ブリクス巡査部長にお望みの場所まで送らせましょう」

「ストランドホテルへ戻りたいんです」

サンデションがブリクスに指示する。

スラトンは尋ねた。「ホテルではクリスティンの部屋を使ってかまいませんか？　どうせ支払いはするつもりなので」

サンデションはしばらく考えを巡らせていたが、やがて口を開いた。「反対する理由もなさそうだ。フロントデスクにその旨を伝えておきます」

午後六時、今日ストランドホテルで車を降りるのはこれで二度目だ。水辺にそびえたつ巨大な建物ははるか昔から変わることのないスカンジナビアの黄昏《たそがれ》の光に包まれ、中世の建造物のように見える。スラトンはベルボーイに預けてあった荷物を受け取り、フロントデスクへ向かった。約束どおりサンデションが連絡したらしく、クリスティンの客室のキーを渡された。

三二四号室に足を踏み入れてすぐ、スラトンはそこが彼女の部屋で間違いないと確信した。クローゼットのブルーのセーター、椅子の上に置かれた、父から譲り受けた古いスーツケース――見覚えのあるクリスティンの持ち物を見るだけでも明らかだが、室内には彼女の香水の香りが残っていた。クリスティンの気配はほかにも感じられた。ヘアブラシの中に櫛《くし》を差しこむところとか、靴を完璧にまっすぐ並べるところとか。スラトンはまた、警察官がここへ来たことも確信した。サンデションと体格のいい部下たちが大きなブーツと手袋をはめた手で、この部屋を調べまわる姿が目に浮かぶ。引き出しではきちんとたたまれたシャツがひっくり返り、バスルームでは洗面道具や化粧品がまとまりなく散乱していた。スラトンはクリスティンのパスポートを捜したが、見あたらなかった。彼女がカフェに持っていったとは考えにくい――何が起こるか知っていたのでなければ。その可能性はあるだろうか？　ふたりで会う手はずを整えたブロフが、パスポートを持ってくるよう指示したのだろうか？　彼はクリスティンが何かから逃げる手助けをしたのか？　あるいは誰かから？

テーブルの上に、学会で配布されたらしいウェルカムバッグがあった。製薬会社のロゴ入りのペンやストラップとともに、パンフレット類が詰めこまれている。隣のデスクに置かれているのは講演のスケジュールだ。いくつかのプレゼンテーションの横に、クリスティンが普段つけているのと同じ、勢いのいいチェックマークがついていたが、それも昨日の午後の予定までで、それ以降は何も記されていなかった。スラトンは手書きのメモを探して余白も調べた。名前や番号がないかと、電話の横のメモ帳もチェックした。それからホテルの電話を手に取ってコードをダイヤルし、メッセージを確認する。予想したとおり、何も入っていなかった。

ベッドは整えられていたが、スラトンはクリスティンが体を横たえていたに違いない跡や、頭を置いていたらしい枕のくぼみに気づいた。ベッドに腰をおろし、彼女の名残を求めて息を吸いこむ。

「君はどこにいるんだ？」スラトンはささやいた。

一日前にクリスティンがいたベッドに、仰向《あおむ》けに身を預けて目を閉じる。確実な情報はほとんど得られていないものの、スウェーデンに到着したときよりはわかったことが増えた。アントン・ブロフはクリスティンに会うためにここへ来た。そしてブロフが撃たれ、クリスティンは逃げざるをえなかった。もうひとりの男を撃ったのはブロフだろうか？　クリスティンを守ろうとしたのか？　ブロフなら、必要があればきっとそうしただろう。しかし彼が誰と対峙《たいじ》していたのか、そちらのほうが重要だ。いつもの敵だろうか？　アラブ人？　それともイラン人か？　イスラエルにはそれなりの敵がいる。だがスラトンの胸には、消すことのできないわだかまりがあった。ブロフと、何者であれ今回の件に関わるほかの人物がスウェーデンへ来たのは、クリスティンがここにいたからだ。そしてクリスティンはスラトンのせいで標的にされた。その点に関しては間違いない。

スラトンは感覚が鈍りはじめるのを感じた。眠らなければ。武器を手に入れなければならないのと同じくらい、睡眠をとる必要がある。彼は明日の朝に取るべき行動の選択肢に思いを巡らせた。最初に浮かんだ案は単純だった。サンデション警部のもとを訪れ、どんな些細な情報でも残らず教えろと圧力をかける。エドマンド・デッドマーシュならそうするだろう。けれどもサンデションはこれまでのところ、スラトンの協力を得るために必要なこと以外、ほとんど情報を与えなかった。アメリカ人の石積み職人がどれほど怒りを見せたところで、警部が今より積極的に教えてくれるようになるとは思えない。この案はうまくいかないだろう。

次はB案だ。過去の経験からスラトンは、イスラエルの敵の中でもイスラエル自身が最も信用ならない危険な存在だと学んだ。今回の件で重要な役割を演じたことが確実な人物がひとりいる。前モサド長官のアントン・ブロフだ。その事実に重点を置いてほかの可能性を排除すると、答えはおのずと現れた。次に踏みだすべき一歩がはっきり見えたのだ。

懸案が解決し、スラトンは体の緊張を解いた。窓の外から街のざわめきが聞こえる――通り過ぎる車の音、挨拶を交わす声、遠くで鳴り響くサイレン。にぎやかな音の集まりの中で、彼の耳は規則的なひとつの音を聞き分けた。低く反響する、なじみのある者にとっては特徴的な音――水路を進む船のディーゼルエンジンの音だ。どんな船かわからず行き先も不明だが、その安定した音がスラトンの心につかの間の平安を与えてくれた。

数分後、彼は眠りに就いていた。

9

スラトンは六時三〇分に起きた。よく寝たが、体はまだ六時間の時差に追いついておらず、すっきりしたとは言いがたい。バスルームの鏡の前に立ち、彼は濃くなりつつある髭を剃るかどうか考えた。クリスティンが学会へ出かけて以降、面倒で剃らなくなって一週間が経つ。結局、そのままにしておくことに決めた。妻が行方不明になった男なら、外見が乱れていてもおかしくない。

シャワーを浴び、黄褐色のコットンパンツと長袖のボタンダウンシャツに着替える。シャツは赤で、闘牛士のケープの役割も兼ねそうなくらい鮮やかな色合いだ。それからパスポートと、エドマンド・デッドマーシュであることを証明するものが詰まった財布と、合計で三七〇〇ドルの札をポケットに入れる。ヴァージニア州を出る前に、クリスティンとの共同名義の当座預金口座から全額を引きだしておいたのだ。ほかのものは残らずスーツケースに詰めてクローゼットにしまった。

六時五五分、スラトンはホテルの入口にかかる日よけの下をくぐると、左折してのんびり歩きはじめた。水路の周囲を進み、二日前にクリスティンが目撃されたカフェの前を通り過ぎる。昨日は警察によって封鎖されていたのだろうが、今日は営業を再開していた。近くの歩道で清掃作業員が高圧洗浄機を使って黒ずんだ血のしみを取り除いているにもかかわらず、カフェの案内係はそれを無視して何ごともなかったかのように接客している。スラトンは店に立ち寄ってテーブルにつき、当時の状況を思い描いてもよかった。従業員や常連客に質問して、迅速な清掃を見ていてもよかった。

だが、そうしなかった。別の計画があったからだ。

彼は通りをさらに進み、新聞の売店で足を止めて、そこにあった唯一の英字新聞、一日遅れの『ニューヨーク・タイムズ』を購入した。新聞を脇に抱え、観光を楽しんでいるかのようにときおり立ち止まりながら、ウォーターフロントのほうへ歩いていく。風はなく、空気は澄んで、物憂い日曜の朝の歩道はひっそりとしていた。ウォーターフロント沿いには観光船や水上タクシー、さらには警察の小型モーターボートの姿も見えた。サンデションは、クリスティンが追っ手から逃れるために飛び乗った船の種類について言及しなかった。機会があれば尋ねようと心に留めておく。もし機会があれば。

赤いシャツを着て、いかにも観光客らしい足取りで、スラトンは再び歩きはじめた。振り返ることも、来た道を戻ることも、急に角を曲がることもしなかった。自転車に乗った巡査ふたりとすれ違う際には会釈し、路地の入口に斜めに停まった白いバンはわざと無視した。最初のカフェから二ブロック離れたところにあるレネサンス・

ティールームの前で足を止め、看板に貼られた朝食メニューを吟味するふりをする。そして、好みに合うと判断したかのように店内へ入った。朝の客が少ない時間帯だからか、店員はスラトンが具体的に指定したテーブルに快く案内してくれた。

スラトンは水路とストランドヴェーゲン通りを見渡せる席に腰をおろした。二日前、ほんの二〇〇メートルしか離れていない場所でクリスティンがしたように。あたりには淹《い》れたてのコーヒーやベーコンが焼ける、朝のにおいが満ちていた。彼は時間をかけてメニューを眺め、ウエイターが三度目に通り過ぎたとき、フルーツと卵、ソーセージ、トーストを注文した。食事が運ばれたところで、イングリッシュ・ブレックファスト・ティーを頼む。出てきたのはティールームの名にふさわしく、芳醇《ほうじゅん》で風味豊かなブレンドの紅茶だった。

スラトンは新聞を開いて読みはじめた。

サンデションが職場に着いたとき、あたりには一日が始まったばかりの警察署の、いつものにおいがあふれていた。汗、靴クリーム、煮つまったコーヒー。それらに加えて、土曜の夜に酔っ払いを収容した奥の留置場から、さらに不快なにおいも漂ってくる。入口には背の高い伸縮式アンテナをつけたテレビ局のバンが停まっていて、サンデションはつややかな髪をして輝く笑みを浮かべた、ニュース番組の魅力的な若い女性レポーターふたりをかわして中に入った。どれも予想していたことだった。四八時間近く前にふたりの男が撃たれ、これまでのところ犠牲者側も襲撃者側も身元が判明していない。テロについては、スウェーデン中が神経を尖らせている。そしてこの犯罪は、時間が経過するにつれてますますテロの疑いが強まっていた。

自分のデスクで、サンデションは今朝、家に見あたらなかった携帯電話を捜した。結局見つからなかったが、コンピュータにはいくつもメッセージが届いていた。ざっと目を通したところ、興味を引くものはなかったので、最も気が進まない仕事を先に片づけることにした。

パウル・シェーベリ副本部長は、ストックホルム県警犯罪捜査部を率いている。サンデションより三歳年下で、警察官としては五年後輩だ。現場を担当する警察官に特有の鋭さは持ちあわせていない。色白で、理想体重より一〇キロ多く、グレーになりつつあるウエーブのかかったブロンドが、いかにもインドアタイプの顔を縁取っていた。ところが本人は、まったく違うイメージを打ちだしたいらしい。スウェーデン海軍からキャリアをスタートさせたシェーベリは、その後ダークブルーの制服を明るい色のものと交換し、ストックホルム県警に加わった。そんな経歴は彼のオフィスの様子にも大きく影響している。ボトルに入った船や、ロープで縁取られた、大海戦を描いた油絵が至るところに飾られていた。シェーベリは品行方正で有能な警察官——サンデションにはそうとしか言えない——だが、政治家としての能力のほうが勝っていた。

サンデションはオフィスの入口で足を止め、コンピュータのキーを叩くシェーベリを見つめた。空威張りしている印象が強調される光景だ。奥の壁に船の舵輪が飾られていることに気づいたサンデションはいたずら心を起こし、入室許可ならぬ乗船許可をもらいたい衝動に駆られた。しかし彼の中にわずかに残っていた出世への期待がその考えを打ち消した。「ちょっといいですか？」

サンデションを見たシェーベリがコンピュータの画面を閉じた。「アルネ、ちょうど話がしたかったんだ。セポのやつらは何か言ってきたか？」彼はテロ対策に関する問題を担当するスウェーデン公安警察に言及した。

「実はそうなんです。昨日、行方のわからない女性の夫であるエドマンド・デッドマーシュと少し話したことは報告しましたよね」

「ああ、そんなことを言っていたな」

「デッドマーシュのパスポートを調べたところ、妙な結果になりました。簡単に言うと、彼の情報が入国管理システムから消えてしまったんです。公安警察に確認を依頼しました。あっちの専門分野だと思ったもので。彼らはアメリカの連邦捜査局《FBI》に連絡を取ったんです」

「それで？」

サンデションは座っているシェーベリに告げた。「ＦＢＩからはただちに回答がありました。アメリカはエドマンド・デッドマーシュという名の人物に一度もパスポートを発行したことがないと」

「どうしてそんなことになるんだ？」シェーベリの声がうわずる。

「わかりません。その名前の運転記録ではスピード違反切符を二度切られていましたが、そこに記載された運転免許証の番号を照会しても何も出てこなかったそうです」

「偽造パスポートを使ったということか」

サンデションは躊躇した。「どうでしょう。自分の目でパスポートを確認しました。私は専門家じゃありませんが、本物に見えましたよ。ただ、どうも気に入らないことがあります」

「なんだ？」

「デッドマーシュは昨日、アーランダ空港からスウェーデンに入国しました。パスポートはまったく問題がなかった……彼が入国審査カウンターを通るところのビデオ録画を見ました。ところが数時間後に名前を検索したところ、記録が何も残っていなかったんです。ファイルが蒸発でもしたかのように。私が話した入国管理局の担当者は、アメリカ側のデータに不具合が生じたとしか考えられないと言っていました。まるで……」サンデションは言いよどみ、顎をこすった。「まるで彼がスウェーデンに入国したあと、記録をきれいにぬぐい去ったみたいだ。ある時点ではたしかに存在してたのに、サイバー空間の中で迷子になってしまったんです」

「そんなことがありうるのか？」シェーベリが辛辣《しんらつ》に言った。

「わかりません。調べているところです。そのあいだ、エルマンデル巡査部長にデッドマーシュを監視させています」

「日曜に？　この四半期の特別手当がすでに上限を超えていることを君はわかっているのか？」

サンデションにも言いたいことがあったが、言葉をのみこんだ。

「アルネ、君のことは頼りにしているんだ。この件に関してだけは失敗できない」

「私がいつも失敗しているというんですか？」

「いや、もちろん、そうじゃない。自信を持って君を担当にしたんだから。ただ……」シェーベリがためらいを見せた。「まあ、これは注目を集める事件だ。われわれが危機に瀕《ひん》していることを理解してほしい」

サンデションは何が危機に瀕しているのかはっきり理解していた。パウル・シェーベリ副本部長が国政に打ってでる計画だ。「いい考えがあるんです」

「そうか。今日の午後に最新状況を報告してくれ。三時でいいか？」

「三時ですね」サンデションは繰り返し、ドアへ向かった。

その姿が見えなくなってからも、シェーベリは長いあいだオフィスの入口を見つめていた。デスクに置かれた吸い取り紙を指でコツコツと叩く。たっぷり一分はそうしてから、コンピュータの画面に向き直った。メールソフトを呼びだし、上のほうのファイルを再び開く。

送信者：エルンスト・サムエルス医師、医学博士／NPMS
件名：サンデション警部について
サンデション警部が二回目の予約に姿を見せなかったことをお知らせします。
彼の問題の性質を考えると、ただちに日程を組み直すことをお勧めいたします。そのために必要であれば、職務を中断させることも考慮に入れるべきです。三度目の結果いかんでは、部署を通じて正式に苦情の手紙をお送りすることになるでしょう。
それでは、どうぞよろしくお願いいたします。

E・サムエルス、医学博士
NPB医療サービス

シェーベリはできる限り医師の機嫌を損ねないような返事を作成して送信した。そして、いったいどうすればいいのだろうと考えた。

スラトンの読みが正しいと証明されるまでに二時間近くかかった。今後も読むことはないと思われるスリラー小説の書評に目を通していたとき、男が来てテーブルに座った。スラトンはすぐには顔をあげず、ポットに残っていた濃くて香りの強い、最後の一杯分の紅茶をカップに注いだ。たっぷり一〇秒待ってから新聞をおろす。

「ずいぶん長くかかったじゃないか」スラトンはヘブライ語で言った。

見たところ、男はスラトンと同じくらいの背丈だが、体重はかなり重そうだった。黒い目に、白髪まじりの黒い巻き毛。ジーンズとポロシャツというラフな服装だ。片手で椅子の肘掛けをつかみ、前を開けたウインドブレーカーのファスナーのあたりに、もう片方の手をぎこちなく置いている。外は風もないのにウインドブレーカーとは。

男はスラトンのからかいには応じず、無言でテーブルの上に黒のｉＰｈｏｎｅを滑らせた。それは空になったオレンジジュースのグラスと人工甘味料の包みが入ったボウルのあいだをすり抜け、スラトンの手元に届いた。

スラトンは新聞をテーブルに置いた。だがｉＰｈｏｎｅは無視して、目の前の男に感情のこもらない冷静な視線を向けた。校長がいつもずる休みをする生徒を見るような目だ。

「この国に来てどのくらいだ？」スラトンは尋ねた。

男は明らかに話をしたくなさそうだったが、スラトンは返事を待ち続け、主導権を握っているのがどちらかをはっきりさせた。

「一週間」男がヘブライ語で答えた。

スラトンはわざとらしく通りのほうを見た。「相棒はどこにいる？」

賢明にも男はひるまなかった。「いいからそのスマートフォンを取れ」

ウエイターが近づいてきたが、スラトンは尊大に右手を振って退けた。そのあいだにテーブルの下でわずかに左足を前へ出す。

「誰と話すことになるんだ？」

「盗聴の心配はない」スマートフォンの運び屋はそれ以上口を開こうとしなかった。

スラトンが手にしてみると、スマートフォンは〝本部〟と表示された番号にかかるようセットされていた。画面をタップする。呼び出し音が鳴る間もなくつながった。

「長官だ」無風の海原のように、平坦で特徴のない声が応答した。

「本物だという証拠は？」スラトンは言った。「会ったこともないのに」

「ああ、だが私の前任者のことはよく知っているはずだ」

「あんたの前任者は病院で死にかけてる。なぜだ？」

「アントンは自らを危うい立場に追いこんだ」

「追いこんだのはあんただろう」

「わざとではなかった。彼に対してはできる限りのことをしている」

電話の相手はレイモンド・ヌーリンに間違いない。彼を知らなくても、思考プロセスでそうとわかる。実務家で油断ならない男だ。

「クリスティンに近づいたのは？」スラトンは尋ねた。

「われわれだ」

「なぜだ？　クリスティンの安全が脅かされているとモサドが判断したなら、俺に連絡すべきだった。彼女は危険な状況なのか？」

ヌーリンはすぐに返事をしなかった。

「くそっ！　いったい何が起こっているんだ？　妻はどこにいる？」

「君の妻は無事だ」ヌーリンが言った。

スラトンはしばらく無言でその言葉の意味を考えた。〝君の妻は無事だ〟単純な表現だが、驚くべき内容が暗示されている。これまで予測可能だった世界が急にひっくり返ったかに感じられた。知っていたはずのことがすべてわからなくなった。コントロールしていたはずのものごとがすべて制御不能になった。

「モサドがクリスティンを捕らえたと言いたいのか？」

「彼女は無事だ」

「無事だと？　銃撃戦に巻きこんだくせに。クリスティンは街中を走って船に飛び乗ったんだぞ」

「計画していたわけではない」

「じゃあ、何を計画してたんだ？　モサドは誘拐と恐喝にも手を広げたのか？　それがあんたの率いる新しい組織なら、俺は離れてよかったよ、長官」

「実はそこなんだ、ダヴィッド。離れることはできない。君のような背景を持つ者が完全に縁を切るのは不可能だ。君は今後も、そうなるようわれわれが訓練した人物のままでいるだろう」

怒りが膨れあがってくる。「こんなことをしたのはそれが目的か？　俺を呼び戻したいのか？　なんのために？」

ヌーリンの答えは沈黙だった。

テーブルの向かいに座る男に意識を集中させたまま、スラトンは言った。「わかったよ、長官。あんたの言うとおりにしよう。誰を殺してほしいんだ？」

10

一〇〇メートルほど離れて停めた覆面パトカーの中で、ラーシュ・エルマンデル巡査部長はいらだちを募らせていた。まず、日曜の朝に仕事を命じられたことが不満だった。今日は一二歳になる息子の大事なサッカーの試合があるというのに。そして、この任務。ストランドホテルを出るデッドマーシュを目にしたとき、楽な仕事になると思った。それから二時間、彼は観光客のようにウォーターフロントをぶらぶらするデッドマーシュを見張った。のんびり名所を巡り、新聞の売店で店主と立ち話をしたあと、デッドマーシュはレネサンス・ティールームのテラスでゆっくりと朝食をとっている。

しかし仕事が非常に簡単なせいで、かえってエルマンデルは落ち着かない気分になりはじめていた。ティーカップを片手に新聞をめくるデッドマーシュを見ているうちに、警察官としてなんとなく抱いていた違和感が急速に大きくなってきた。任務に就くにあたって、エルマンデルは監視対象者に関して簡単に説明を受けた。けれども行方不明の妻を捜すためにはるばる海を渡ってきた男にしては、エドマンド・デッドマーシュの行動は考えられないほどのんきだ。彼の座るテーブルにひとりの男が近づき、招かれもしないのに座るのを見て、エルマンデルの懸念はさらに大きくなった。

食い入るように観察するも、デッドマーシュと男が会話を交わしているふうには見えなかった。すぐにデッドマーシュがスマートフォンで話しはじめる。エルマンデルが天の啓示を得たのはそのときだった。あとから来た男は、二日前の事件で警察が捜索中の銃撃犯の人相書きとぴたりと合う。

エルマンデルは背筋を伸ばし、携帯電話を取りだしてサンデションの番号にかけた。だが、警部は応答しない。「まさか、嘘だろ……」

わずか数分が命取りになる。エルマンデルは電話を切ると、通信指令員につないで応援を要請した。


「標的はイブラヒム・ハメディ博士」ヌーリンが言った。「イラン原子力庁のトップだ」

「気づくべきだった」スラトンは返した。

「ハメディは近くイランを離れる予定だ。狙いやすくなる。手にしているそのスマートフォンにファイルを入れておいた。いつどこで襲うかはそれでわかる。君のような才能を持つ者にとっては理想的な作戦の詳細が説明されている。それを使ってくれ」

ヌーリンの言葉が頭の中でクラクションのように鳴り響き、スラトンは理解しようともせず追いやった。何ひとつ筋が通らない。暗殺の計画を立てておいて、下請けに出そうというのか？　クリスティンはそれを実現させるために拉致されたのか？

「なぜだ？　そんな好機があるなら、そっちで実行すればいいだろう。俺みたいな者をほかにも抱えてるんだから」

「いや、ダヴィッド。君のような人材はいない。最近起こったことについて考えてみるといい。すべての辻褄《つじつま》が合うだろう」

これまでに知った事実に思いを巡らせたスラトンは、ひとつの結論に達した。「作戦は二度も失敗している。情報がもれたのか？」

「そうだ」ヌーリンが言った。

「ますます関わりたくない」

「接触するのは私だけだ、ダヴィッド。君が何をするか、モサドで私のほかに知る者はいない。そのテーブルの向かいに座る男にすら知らせていないんだ。今回だけ引き受けてくれ。それが最後になる」

「だめだ。最後の任務ならもうやった」

「クリスティンが――」

「クリスティンの安全はすぐに確保される」スラトンはヌーリンをさえぎった。「まだ彼女を捕らえてないんだろう。さもなければ、俺に捕らえた証拠を見せているはずだ」

ひと呼吸置いてヌーリンが言った。「たしかに君の言うとおりだ。だが、われわれはクリスティンを捜している」

「俺もだ」

「自分の能力を過大評価するな、暗殺者《キドン》。今の君はひとりきりで、サポートも受けられない。こちらにはスウェーデン国内に何十人もの工作員がいて、ストックホルムの空港と鉄道の駅をすべて監視している。われわれが先にクリスティンを見つけるだろう」

「それでどうする？　彼女を隠れ家に監禁して尋問するのか？」

「頼む、ダヴィッド、信じてくれ。私は実際的な男だ。これはデモンストレーションにすぎない。君とクリスティンは微妙な立場にいる。身元を隠すことで、君は自分の過去を寄せつけずにいられる。それをコントロールしているのがモサドだ。われわれは君を守るために多大な手間と金を費やしてきた。引き続きモサドの支援を受けるためには代価を支払わねばならない。君にはわれわれが必要で、われわれにも君が必要だ」

「同意しなければどうするつもりだ？　モサドは俺に見切りをつけるのか？　俺がかつて何者だったか暴露するというのか？　脅しに聞こえるな」

「君に対する脅しは……なんと言うべきかな？　逆効果か？　あえて言わせてもらうと、私も自分の身を危険にさらしている可能性がある」

スラトンは何も言わなかった。スマートフォンを持っていないほうの手をテーブルの縁にかけ、見えないところで拳を握りしめて身を乗りだす。

「君の安全や、私の安全の問題ではない」ヌーリンが続けた。「もちろん、君の妻の安全の問題でもない。これはイスラエルの安全の問題なのだ」彼はイランが究極の野望を達成する寸前であることを説明した。長距離弾道ミサイルに搭載可能な核分裂装置の開発だ。イスラエルの空軍とサイバー部隊の攻撃能力すべてを駆使しても、イランの脅威に終止符を打つことはできなかった。鍵となるのはハメディだ。「計画の立て役者の身辺に隙ができる。われわれは行動に打ってでなければならない。これが最後のチャンスだからだ。イスラエルは必死なんだよ、ダヴィッド。すなわち、私も必死だ」

「あんたの言うイスラエルは、俺の知っていたイスラエルとは違う。かつてはこんなやり方はしなかった」

「では私がヴァージニア州へ行って協力を求めていたら？　君は引き受けたのか？」

スラトンは返事をしなかった。

「わかっているだろうが、われわれはクリスティンを見つけだす。私の言うとおりにするんだ。そうすれば一週間以内にイスラエルは救われ、君たち夫婦には長期にわたる安全が保障される。私が約束しよう」

「約束？」怒りがこみあげ、スラトンは吐き捨てた。「あんたも、あんたの組織も地獄に落ちろ！」

親指で通話を切る。深呼吸して冷静に考えようとした。理解できないことがあった。ヌーリンの説明の何かが引っかかる。しかし、それを熟考する機会は得られなかった。テーブルの向かいに座る男が動いたのだ。

手ではない。男の視線が通りのほうへちらりと動いた。スラトンは男がモサドの現地工作員〝カッツァ〟だと確信した。組織から支給されたショルダーホルスターに、これも組織から支給された二二口径のベレッタを入れて武装しているはずだ。男が現れてから五分経つが、先ほどの一瞬を除いて、目は終始スラトンに向けられていた。全身にみなぎる警戒心、こわばった姿勢、取ってつけたようなさりげない視線。つまりこのカッツァはスラトンが誰か、何者か知っている。ヌーリンの話では、スラトンが何をするかは教えられずにここへ派遣されたということだ。たぶんそれは本当だろう。〝彼にスマートフォンを渡せ。危険な男だが、おまえを脅かす存在ではない〟おそらくそんな指示を受けているはずだ。しかし、モサド長官とスラトンの話は明らかに不首尾に終わった。だから、このカッツァは自分の仲間が近くにいるかどうか再確認したのだ。相棒か、あるいはチームが。

どこにいる？　近くの歩道か？　通りの向こうに停めた車の中か？　何人だ？　二日前にクリスティンを連れ去ろうとしたのと同じメンバーだろうか？　そう考えたせいで、スラトンの脳裏にウォーターフロント中を命懸けで走って逃げるクリスティンの姿が浮かんだ。これまで懸命に保ってきた自制心が不意に失われる。

スラトンはスマートフォンをポケットに入れ、テーブルの向かいに座る男にはっきりした声で言った。「ひとつ教えてくれ。俺の妻を追いかけたのはおまえか？」

返ってきたのは険しいまなざしだった。虚勢を張っているようだが、返事はない。

「アントン・ブロフを撃ったのか？」

たっぷり一〇秒は沈黙が続く。

スラトンは動かなかった。ぴくりとも。

一五秒。

何も起こらない。

だが、二〇秒経ったところで、耐えられなくなったらしいカッツァがすばやく銃に手を伸ばした。

11

クラヴ・マガとは接近して行う格闘術で、イスラエルで発達した戦闘スタイルだ。反撃の技に重点を置いたストリート・ファイトそのものと言える。ルールはなく、敵を無力化するために、ありとあらゆる手立てを使う。訓練の場合は、突然迫ってくる脅威、すなわち最悪の事態への対応を重視する。しかし実戦で優先されるのは、潜在的な敵を前もって認識し、先制攻撃を組みたてることだ。

その考え方のもと、スラトンはカッツァの男がテーブルの向かいに座ったときから、急襲に備えた位置取りを考慮していた。いや、実際はカッツァが座る以前からだ。スラトンは目の前にあるテーブルについて情報を集めた。重さは七キロ近くあり、床に固定はされていない。脚は三本で、カッツァの座る椅子はそのうちの二本のあいだに入る形になっている。テーブルを相手に向かって押した場合、天板の縁がカッツァのみぞおちとホルスターに入った銃のあいだの無防備な部分に命中するはずだ。カッツァの椅子はスラトンの椅子とまったく同じ作りの典型的な四本脚のものだが、軽くて不安定だ。スラトンは二時間近くかけてこれらすべての情報を集めた。カッツァの椅子の背後は一・五メートルほど冷たく硬いコンクリートの床があるだけで、何も置かれていないことも確認済みだった。

　だからカッツァがウインドブレーカーの内側に手を伸ばす前に、スラトンは反撃に出ていた。右足と左腕で完璧にバランスを取りつつ、カッツァが座っている椅子の前脚の一本に左足をかけて引き、同時に右手でテーブルを反対側に押す。当然の結果として、椅子に座ったカッツァはどうすることもできずに回転した。空いているほうの手が後ろへ高くあがる。わけがわからないまま後ろ向きに倒れるときの反応としては予想どおりだ。男が右手でウインドブレーカーを払うと、思ったとおり、そこにはベレッタがあった。しかしカッツァはすっかりバランスを崩して座っていられなくなり、飛ぶようにしてコンクリートに激しく頭を打ちつけた。

　テーブルの上にあったものは全部吹っ飛び、磁器が割れる音や金属製の食器類が床に転がる音が響く。スラトンは即座に立ちあがり、唖然《あぜん》とするカッツァのもとへ向かった。だが男がわれに返るのは早かった。ベレッタを持った手を前に突きだしてくる。スラトンは銃を奪おうと突進したもののかわされ、手首しかつかめなかった。カッツァが必死で握りしめる銃にもう片方の手を伸ばす。ふたりの大柄な男のあいだで、銃は凍りついたように動かなくなった。けれども重力はスラトンに味方した。彼はその手と腕に全体重をかけた。この数カ月で三〇〇トンもの石を運んできた、たくましい手と腕だ。力で勝ったスラトンは、銃身を自分の胸から離し、相手のほうへ向けた。

互いに主導権を握ろうと揉《も》みあっていたそのとき、一発の銃声が響き渡った。スラトンはそれでも断固として手を離さなかった。

彼の下にいた男の体から力が抜ける。

銃をもぎ取ったスラトンは、カッツァの喉に開いた傷を見つめた。血が脈打ちながら流れでているのは、流体力学の観点から見れば、人体の仕組みがもたらすただの反応にすぎないとわかっていた。上向きの角度で撃たれたため、弾は頭に到達している。見開いて空に向けられている男の目はすでに生気がなかった。鮮やかな赤い血が床にたまっていくそばで、スラトンは銃を手にして立っていた。周囲の動きをすばやく確かめ、脅威は何もないと判断する。一瞬、男の身元がわかるものがないか死体を調べようかと思った。だが、そんなことをしても意味がない。それに時間もなかった。求めていた接触を果たし、目的は達成した。予想外の事態だが、重要なことはひとつしかない。

ここから離れることだ。

スラトンは一歩さがったが、これはチャンスかもしれないと思い至った。ポケットからスマートフォンを取りだして手早く写真を撮ると、彼は走りだした。

ショックと憤慨の叫びがあがる中、テーブルをよけて進む。周囲の混乱は一見するとコントロール不能だが、実際のところ、人々は予測どおりの行動に出ていた。現場に近い者たちはできるだけ距離を取ろうと身をのけぞらせ、もっと奥のほうにいて自分たちは安全だと錯覚している者たちは、携帯電話で一一二にかけて警察に通報している。スラトンは全員を無視した。この場にいる男や女を観察していた最後の一時間で、ヒーローになろうとするタイプはいないと見て取った。非番の警察官も、休暇中の兵士もいない。危険な存在がいるとすれば、店の外だろう。

歩道に出たスラトンは、手にした銃を目立たないよう腿《もも》に押しつけた。過去からの声が脳裏にこだまする。〝速く動けば注意を引く。銃を持って速く動けばパニックを引き起こす〟スラトンはバスのドアが閉まる前にバス停にたどり着こうとするときのように、目的があるそぶりで駆けだした。しかし、ほんの五歩で急停止する。

彼はふたりの男に囲まれていた。

大惨事を引き起こしたいなら、訓練を受けて武装した三人の男を、互いの思惑を知らせないまま一箇所に集めればいい。

三人のうち、完全に不意を突かれたのはエルマンデル巡査部長だけだった。通信指令員とのやり取りを終え、携帯電話をまだ耳にあてているときに、カフェの鮮やかな黄色い日よけの下の動きが目に留まった。テーブルが飛び、デッドマーシュがいきなり立ちあがるのが見えた。突然起こった騒動の中、デッドマーシュの向かいに座っていた男の姿が視界から消える。

そのとき、エルマンデルは銃声を耳にした。

何かしなければという思いに駆られ、急いで車を降りる。遠くからサイレンの音が聞こえてきた。ジャケットの内側に手を入れたラーシュ・エルマンデルは、ぎこちない手つきで携帯電話をシグ・ザウエルに持ち替えた。そして慎重ながらも急ぎ足でレネサンス・ティールームに近づいていった。


カフェの斜め向かい一〇〇メートル足らずの場所に停まっていた黒いメルセデスから、ずんぐりした禿頭《とくとう》の男は飛びだした。彼もまたカフェへ向かったが、その動きはすばやく迷いがない。目はカフェと、新たに関わってきたブロンドでクルーカットの男を交互に見ている。服装から判断して、この新たな男は警察官だろう。禿頭の男の推測を裏づけるかのように、クルーカットの男が走りながら銃を抜いた。もう片方の手で後ろポケットを探っているのは、ＩＤカードを出そうとしているからに違いない。

禿頭の男はわずかに進路を変えたが、スピードは落とさなかった――通りに出るまでは。車が渋滞しているうえに、近くの信号が変わるタイミングが悪すぎた。だが、待ってはいられない。男は走ってくる車に手のひらを見せると、銃身が長くて重い拳銃をもう片方の手で振りかざし、通りを渡る強い意志を明らかにした。

近づいてきた配達トラックが急停止した。


スラトンは両方の姿に気づいた。

警察官のほうが近く、三〇メートルほど離れた場所からこちらへやってくる。ＩＤカードを掲げているものの銃はおろしたままで、銃口が舗装道路を向いていた。たちまち致命傷を負いかねない、まずい体勢だ。禿頭の男のほうは手にした銃を高い位置で安定させていた。スラトンの位置から種類まではわからないが、口径の大きいタイプであることは間違いない。

三人が対峙する形になっていることに気づいていないのは警察官だけらしい。この中の誰が発砲するにしても、ふたりのうちのどちらかを標的に選ばなければならない。スラトンには経験のない、想像もしていなかった難問だ。その昔、彼を指導した教官たちが好んで教材にしそうな状況だった。だが、スラトンは一瞬で決断を下した。自分の望む結果になるように。とにかくこの場を離れ、安全を確保しなければならない。人、車、太陽光——変化する可能性のあるものは数えきれず、それらが彼にとって有利に働く場合もあれば、そうでない場合もあるだろう。計算している時間はない。ただ、前にも同様のジレンマに直面した経験がある点は大きな強みと言えた。スラトンはただちに行動を起こした。

ベレッタを腰にぴたりとつけ、まっすぐ警察官を見る。そして空いている左手をあげて、通りにいる三人目の男を指さした。


エルマンデルは足を止めなかった。だが、デッドマーシュが示した方向には目を向けた。道路の真ん中に銃を手にした、ずんぐりした体形の男がいた。

視線が合ったとたん、ふたりとも凍りついた。

禿頭の男が肩を怒らせ、銃を持つ手をあげた。エルマンデルは即座に、長年の訓練を通じて頭に叩きこまれた一連の反応を示した。「警察だ。銃をおろせ！」叫びをあげ、体勢を整えて銃を構えようとする。射撃訓練場で何度も練習した動きだ。

けれども、ここは訓練場ではない。

流砂に四肢を取られたかのように、自分の動きがスローモーションに感じられた。大きな銃がこちらに狙いを定めているのが見え、エルマンデルは間に合わないと悟った。彼自身の銃も相手のほうを向いているものの、制御しきれず揺れている。正確でなければ意味がないと知りつつ、エルマンデルはそれでも発射しようとした。禿頭の男も同じ動作をしているのがわかった。引き金に指をかける。しかし、エルマンデルの銃の撃鉄が落ちることはなかった。

撃たれたのだ。

焼けつくように激しい痛みが右腿を貫く。だがそれを理解する前にもう、九〇キロのボウリングのピンが倒れるごとく、体が横向きに傾きはじめていた。右耳を下にしてどうすることもできずに落下するその瞬間、奇妙にもエルマンデルは別の弾丸が頭の横をかすめる音を聞いた。舗道に激突して転がりながら、ただひとつのことに意識を集中させる。銃から手を離すんじゃない！

エルマンデルはそのとおりにした。硬い銃床を握りしめて立ちあがろうとしたものの、右脚に力が入らずにくずおれた。半ば座り、半ばひざまずいて、あたりを見まわす。するとちょうど禿頭の男の体が、停まっていた車の反対側に消える瞬間を目撃した。エルマンデルはそちらに銃を向けた。車体が邪魔であたらないだろうが、少なくとも妨害はできる。男は警戒して足を止めるかもしれない。エルマンデルはデッドマーシュの姿も捜したものの、どこにも見あたらなかった。

ちくしょう。

火がついたように脚が痛む。けれども積み重ねた訓練の賜物《たまもの》か、あるいは本能的な恐怖のせいか、エルマンデルは傷を無視した。ますます近くなるサイレンの音が周囲の建物に反響して、このうえなく美しい交響曲に聞こえる。彼は銃を構えたまま警戒し続けた。あと一分か二分、襲撃者を足止めできれば、応援が到着するだろう。通りや歩道をうかがったが、デッドマーシュも禿頭の男も見つからない。結局、このあとエルマンデルがふたりの姿を目にすることはなかった。

だが、彼らが撃ちあう銃声は耳にした。


警察官が倒れるのを確認して、スラトンは弧を描くように走った。禿頭の男を負傷した警察官から引き離すためだ。混雑した通りの端をフルスピードで移動する。二二口径のベレッタは小型の拳銃で、スラトンほど腕の立つ者が扱ってさえ、射程距離、精度、ストッピングパワー（銃弾が標的にあたったとき、どれくらい行動不能にさせられるか）の点において相手より不利だった。スラトンは一五メートル離れた場所から、しかも走りながら撃ったのだが、それでも的を外さなかったということは、射撃の腕が落ちていない証左だと言える。三発中、二発が命中した。

禿頭の男は一度、二度と体を揺らし、もう少しで倒れそうになった。

もう少しで。

どうやら防弾チョッキを身につけているらしい。

男が反撃に出た。スラトンの目の前の壁に弾が撃ちこまれ、砕けたコンクリートのかけらが顔に降りかかる。

動け、立ち止まるな！

スラトンは体をひねって発砲したものの、今度は外してしまった。もっとも、この距離で走りながら撃って頭に命中させられる確率は事実上ゼロだろう。残り二発。予備の弾倉はなく、守勢にまわるしかない。交戦したところで得るものはないどころか、危険なだけだ。彼は向きを変え、角を目指して駆けだした。脇道から曲がってきたバスが一時的な盾になる。スラトンは銃をおろしてスピードをあげた。安全な場所まであと二歩というときに再び弾が飛んできたが、またしてもあたらなかった。

スラトンにはスクーターが見えていなかった。

あとになって思うと、その若者は騒ぎから逃げようとしていたのかもしれない。いずれにせよ、スラトンは突然現れたスクーターに、特急列車のような勢いでぶつかった。音をたてて地面に転がり、街灯の柱に叩きつけられる。何かで腕が深く切れたのがわかった。手足を投げだし、舗道にうつぶせに倒れこむ。追っ手はすぐ後ろに迫っているに違いない。銃を手に距離を詰めているはずだ。次は外さないだろう。

自制心をかき集めて、スラトンはじっと横たわっていた。

禿頭の男が近づいてくる姿を頭に思い浮かべる。倒れた標的に狙いを定め、とどめの一撃を見舞おうとしている姿を。通りの雑然とした騒音の中で、スラトンは歩くスピードを緩めた足音を聞き分けた。

――……。

完全に動きを止めて体の力を抜く。足音はまもなく止まりそうだ。

二……。

銃を持つ男の手があがる様子が目に浮かぶ。

三。

スラトンははじかれたように左へ転がった。間髪を容《い》れず、頭があった場所に弾丸が撃ちこまれる。ベレッタがすばやく動いた。スラトンが男の頭に向かって右手を高く振りあげたのだ。まさにその瞬間……。

今だ。

仰向けに横たわり、スラトンは再び動きを止めた。手の中でベレッタの反動が徐々に収まっていく。残り一発。けれども、もう必要なかった。

額にきれいな穴が開いた追っ手は、コンクリートの上に崩れ落ちて動かなくなった。代わってスラトンが動きだす。

銃撃戦が終わり、まもなく秩序が戻るだろう。彼にとって秩序は敵だ。スラトンは急いで立ちあがり、脇道へ入った。ほかにも仲間がいるだろうか？　ふたり組であってほしいが、確かめるすべはない。彼は一ブロック東へ、それから一ブロック南へ、曲がるたびに肩越しに振り返りながら走った。五分間、東から南へジグザグに進路を取り続ける。腕が痛むにもかかわらず、ふらつかずに走れたのはアドレナリンのせいだろう。突然の、あるいは自然の流れに反する動きがないかどうか、スラトンは周囲の車や人に絶えず目を配った。だが、注意を引くものは何もなかった。

赤信号で停まっていた空車のタクシーを見つけ、怪我をしていないほうの手をあげて呼び止める。運転手に合図されて急いで後部座席に乗りこみ、すばやくドアを閉めた。

「グスタヴ・ヴァーサ教会まで」スラトンは息を切らして言った。「遅れてるんだ。どのくらいかかる？」

「一五分だね」運転手が答えた。日曜の朝なので、遅れているので教会へ急いでくれと言われても、なんの疑問も抱かなかったらしい。

スラトンはプレキシガラスの仕切り窓を通して一〇〇ドル札を渡した。細かく金を数えている暇はない。ミラー越しに運転手の視線をとらえて言う。「一〇分で行ってくれ」

返事をする代わりに、運転手はタクシーを急発進させた。

スラトンは腕の傷を調べた。痛みと中程度の出血があるものの、赤いシャツのおかげで血の跡が目立たない。彼は座席にもたれかかった。心臓が激しく打っている。撃ち合いで死んでいたかもしれないことが、今になって意識された。

タクシーの運転手はよくやってくれた。赤信号を二回無視し、縁石に乗りあげたあげく、九分で教会に着いた。スラトンが車を降りて教会に向かって歩きはじめると、ちょうど礼拝堂の扉が開いて大勢の人々が通りへ出てきた。観光客かもしれないし、午前半ばの礼拝を終えて神の祝福を受けた教区民かもしれない。彼にはどうでもいいことだ。タクシーが見えなくなるのを確認して、スラトンは来た道を戻り、五〇メートルほど離れたところにある地下鉄のオーデンプラン駅へ歩いていった。そして急ぎ足で階段をおり、駅の中へ姿を消した。

12

サンデションは犯罪科学捜査部でコンピュータ画面を凝視していた。そこには、ストランドヴェーゲン通りにある銀行の監視カメラがとらえた二日前の映像が映っている。通り沿いに駐車するシルバーのアウディが見えるものの、遠いうえに不鮮明だ。隣に座る技術者が画像をいじると、やがてナンバープレートがはっきり見えるようになった。

「この番号は調べたのか？」サンデションはきいた。

「存在しない番号でした。おそらく改竄《かいざん》したんでしょう」

サンデションは眉をひそめたが、驚きはしなかった。「車はどうだ？　うまく割りだせないか？」

「この型の車の盗難届は出ていませんし、今のところ、似たような車で乗り捨てられたものも見つかっていません」

「容疑者のほうは？　よく映っている写真が一、二枚あるといいんだが」

カードの手品を披露するマジシャンのように、技術者がコンピュータのファイルを仕分けていく。彼は六枚の写真を選びだした。「これが限度ですね」

それらの画像もビデオ映像から切り取ったもので粒子が粗《あら》く、ぎりぎり顔がわかる程度だった。わざわざ配布するほどでもなく、おそらく検察官も法廷では使えないと見なすだろう。唯一の慰めは、男たちのうちのふたりの居場所が判明している点だ。ひとりは集中治療室に、もうひとりは遺体安置室にいる。

もっとも、彼らの鮮明な画像がどうしても必要なわけではなかった。

クリスティン・パーマーに関してはパスポートの写真と、所属する医師会のウェブサイトから高解像度の写真をすでに入手済みだからだ。肩くらいまでの鳶色《とびいろ》の髪に、やさしい顔立ちの魅力的な女性で、ウェブサイトの写真では医師の紹介でよくあるように、お決まりの白衣を着て思いやりのある微笑みを浮かべていた。そんな女性が肉体労働者と結婚したらしい点には好奇心を覚えるものの、それだけだ。サンデションが思いを巡らせていたそのとき、指令センターの若い女性が部屋に駆けこんできた。

「サンデション警部！　ウォーターフロントでまた事件です！」

「今度はなんだ？」

「レネサンス・ティールームです。発砲があって、二名が死亡。警察官がひとり負傷して、病院に搬送中です」

サンデションは胃がきりきりと痛んだ。「誰だかわかるか？」

「エルマンデルだと思われます」

地下鉄ブロー線テンスタ行きのほとんど乗客がいない車両で、スラトンは仕切りの後ろの席に座っていた。線路の上を快調に飛ばす列車が揺れるたびに通り過ぎる、投光照明の光が白い筋になって窓から差しこんでくる。車内にいるのはほかにふたりだけで、一〇代のそのカップルは笑っていちゃいちゃしながら前駅で乗りこんできた。互いに夢中で、スラトンの存在に気づいてすらいないだろう。

まずしなければならないのは、自身の状態を見極めることだ。どうやら被害は上腕《じようわん》に負った七、八センチの深い傷と、そのせいで破れたシャツの袖だけらしい。弾丸がかすったのか？　跳弾だろうか？　いや、だめだ。ドラマティックでもなんでもない、日常的と言っていいくらいよくあることにしないと。ビール瓶の破片か、あるいはぶつかってきたスクーターの尖った先端で切れたとか。仕切りの後ろでスラトンは、地下鉄の発車ホームを漁《あさ》って手に入れた、捨てられたナプキンの束と段ボール箱から引きちぎった荷造り紐を包帯代わりにして傷口に巻いた。止血は可能だが、感染症は防げない。彼はシャツの長袖をまくって血のしみを隠し、バランスを取るために反対側の袖も同様にした。怪我をした腕を曲げることになり、それが一番つらい作業だと判明したものの、なんとかやり遂げた。

スラトンはポケットからｉＰｈｏｎｅを取りだし、手の中でひっくり返した。見たところごく普通の端末だが、アップル社が想像だにしないアプリがいくつも入っているはずだ。モサドは絶対に追跡しているだろう。今この瞬間も、テルアヴィヴのどこかのディスプレーに、暗闇に光る信号灯のごとく位置情報が表示されているに違いない。電源を切ったりバッテリーを外したりしても追えるように改造されているはずだ。だが、しばらくのあいだは安全だろう。電車に乗っている限り、移動する標的として様子を見るに違いないからだ。おかげである程度の自由が得られる。いずれはスマートフォンを処分しなければならないが、まずはヌーリンのファイルの中身を見る必要があった。電源を入れると、ブラウザや音楽、ゲームなどのアイコンが現れる。ひとつだけ、鮮やかな赤い四角の中に大文字でN・Aと記された、見慣れないアイコンがあった。〝利用不可《Not Available》〟？　スパイのボスならではのユーモアだろうか？

　アイコンをタップすると、ファイルのリストが出現した。最初のファイルを開く。関連するメモの参照番号が記されたジュネーヴの地図だ。ざっと見ていくと、暗殺の決行日は次の日曜、今日から七日後だとわかった。別のファイルには略図とスケジュールを備えた作戦計画が含まれている。スラトンはすばやく目を通し、頭に刻みつけた。ファイルをほかのコンピュータに転送しようかと思ったが、すぐにその考えを捨てる。モサドの熟達したコンピュータ技術者の裏をかこうとするなど愚かな行為でしかない。ファイルには釣りの疑似餌《ルアー》のようにタグがつけられ、テルアヴィヴの大型コンピュータ本体につながる仕組みになっているはずだ。獲物が餌に食いつくのを待っているに違いない。スラトンは基本に立ち返り、頭の中にカタログを作成した。日時や場所などの重要な詳細を、閉じた目の奥に焼きつけた。

リスネ駅が近づき、電車が速度を落とした。もう充分長く持っていたので、そろそろスマートフォンを処分しなければならない。だが、まだやり残したことがある。スラトンはカフェで撮った写真を呼びだした。急いでいたので構図が悪く、明るさも不充分だったが、対象物は鮮明にとらえられている。それはコンクリートを覆う血だまりを背景に、ヌーリンの工作員が白目をむき、ぎざぎざの傷口が開いた喉をさらして床に横たわっている写真だった。誰も殺すつもりはなかった。それなのに、今やヌーリンがよこした連絡係はふたりとも死んでしまった。よくあるケースだが、考え抜かれた計画が崩壊したのだ。その理由もまた、昔からよくあること——人が原因で、複雑な事態に陥ってしまったことだった。疑念、恐怖、怒り。それら全部が関係して生じた悲劇的な結果が、高解像度の一枚の画像に集約されている。

ほかの誰か——モサドの別の工作員か、あるいは大使館員がテルアヴィヴの本部へ今回の被害の報告をあげたかどうか、スラトンには知るすべがない。まだ知らせが届いていないとしても、この写真が必要事項を残らず伝えてくれる。画像にメッセージもつけようとして、スラトンは躊躇した。すでに一度間違いを犯している。クリスティンを巻きこんだことに腹を立てて自制心を失い、暗殺の依頼を即座に断ってしまった。しかし、圧力を軽減させせられるかもしれないもっといい手立てがある。彼は慎重に言葉を選び、簡潔なメッセージを打ちこんだ。

やがて電車が停まり、スラトンはホームに降りたった。地上まで階段をあがって、すぐに右折する。電波の受信状態が良好であるのを確認してから送信した。二分後、スラトンは信号が青に変わるのを待っている、自転車に乗った年配の男性の隣に立っていた。右からも左からも車が来る気配はなかったが、スウェーデンの人々はきちんと法を守る。老人の自転車は後輪の両側にふたつのバスケットが取りつけられ、中に食料品が入っていた。

「いい天気ですね」この国に到着してから初めて、スラトンはスウェーデン語を使って話しかけた。

老人はスラトンを見てから、暮れつつある陰気な空を見あげた。肩をすくめたところで信号がすでに変わっていたことに気づき、自転車を漕《こ》ぎだした。スラトンはその右側のバスケットにすばやく電話を滑りこませると、反対側に向きを変えて歩きはじめた。

三〇分後、およそ一〇キロ西の地点でスラトンはバスを降りた。労働者階級の人々が暮らす、ヤコブスベリの郊外だ。今朝の騒ぎがあったストックホルムの中心部からは二〇キロ近く離れている。彼はコンビニエンスストアを見つけるまで歩き、そこでプリペイド式の使い捨て携帯電話を三台と、ラグビーのスウェーデン代表チームのロゴが入った長袖のスウェットシャツ、それから大きなペットボトル入りの水を一本、いずれも現金で買った。次に薬局へ立ち寄り、消毒剤とちゃんとした包帯と、アルコールタイプのウエットティッシュを購入した。

それから公衆トイレを探し、ほとんど客のいない薄暗い酒場の地下にあるひっそりとしたトイレを選んだ。尿とビールのむっとするにおいがしたが、最も重要な条件――ひとりになれること――を満たしていた。まず洗面台でペーパータオルをひとつかみ濡らし、ふたつある個室のひとつに入って鍵をかける。それから腰をおろしてシャツを脱ぎ、即席の包帯を外した。ますます痛みが増している傷口を消毒剤を使って清潔にする。あとで時間ができたときに手当てし直すために一部を取っておくことにして、スラトンは現状で可能な限りの処置を施した。そして新しいスウェットシャツを慎重に頭からかぶった。大きいサイズにしておいて正解だった。すべてを終え、彼は水をたっぷり飲んだ。

二枚のビニール袋に持ち物を分けて入れる。ひとつには携帯電話と医療用品、もうひとつには破れて血がついたシャツだ。スラトンは古い包帯をトイレに流すと、シャツの入ったビニール袋を不快な臭気を放っているごみ箱の奥に押しこんだ。数秒後、彼は地上に続く階段を一度に二段ずつのぼっていた。背後では、古びたトイレのドアが揺れていた。

13

レイモンド・ヌーリンは浮かない顔で、彼の掩体壕《えんたいごう》とも言える一室に座っていた。モサド本部の深奥にあるその部屋に、ヌーリンは住んでいるようなものだった。もちろん、ちゃんとしたオフィスは別にある。しかし立派な調度品を備えた見晴らしのいいそのオフィスは、国会議員との会合や一般職員の表彰といった正式な場面でしか使わない。ヌーリンの仕事が実際に行われるのは、今いるこの部屋のほうだった。

彼の要望に添ってデザインされた部屋だ。高性能コンピュータが一台。ひとつ上のフロアで大勢の技術者たちによってあらかじめ分類され、ふるいにかけられた情報やデータを表示するためのものだ。それから簡素な会議テーブルがひとつと椅子が六脚。意見を聞く相手の数は六人までと決めている。それ以上いても、つまらない雑音レベルの意見しか出ないと考えるからだ。

ヌーリンがひとりで会議テーブルに座っていると、ドアがノックされた。建物で火事が起きたかと思うような、激しく性急なノックだ。

「入れ」

ふたりの男が現れた。先に入ってきたのは予想どおり、戦車のようにがっしりした体形のオデッド・ヴェロンだ。身長こそ平均的だが、ほかのサイズはすべて標準値をうわまわっている。広い肩、太い首、大きな頭。何もかもが彼が持つ猪突猛進な雰囲気を助長していた。きちんとアイロンがかけられた、砂漠仕様の記章のない戦闘服が包んでいるのは、四〇年も太陽と砂にさらされながら数々の傷を負ってきたせいで、鎖かたびらのようになった体だ。ヴェロンの後ろには、ヌーリンの補佐官でモサドの作戦本部長を務めるエズラ・ザハリアスがいた。ザハリアスはつい最近その地位に昇進したばかりだ。独断的なことで知られ、ヌーリンのポストを狙っていると公言してはばからなかった前任者が、命に関わる重病にかかって引退を余儀なくされたからだった。忠誠心は言うまでもなく、前任者より穏やかで冷静な点を評価して、ヌーリンはザハリアスを選んだ。身体的にはヴェロンの対極にあり、小柄で肉づきがよくて近眼だが、足りない分を補って余りある高い勤労意欲の持ち主だった。

「それで？」ヌーリンは促した。珍しく不機嫌をあらわにして声が高くなる。「ストックホルムでいったい何があったんだ？」

ヴェロンは冷静さを失わなかった。無言で会議テーブルに書類の束を置き、ポーカーのディーラーのように扇形に広げた。

返事をしたのはザハリアスだった。いつもと変わらず落ち着いた声だ。「通常のルートからは、まださほど情報が入ってきていません。少なくとも今のところは。どうやら対象が凶暴化したようです。われわれのチームを攻撃しました」

「交戦には持ちこむなとはっきり言っておいたはずだ。どうしても必要な男なんだ！」

「お言葉を返すようですが、限定的な指示しかいただいていませんでした。男に接触し、スマートフォンを渡し、その後は可能であれば目立たないようにあとを追えと」

「目立たないようにした結果がこれか？」

ヴェロンが前に進みでた。「何が起こったかはわれわれにもわかりません。ひとりは私の部下でした。理由もなく発砲するはずがありません」

ヌーリンはヴェロンを凝視した。このベテランの兵士はヌーリンが最近新設したダイレクト《D》・アクション《A》と呼ばれる直接行動隊を率いていた。直接行動隊は長官が直々に命じた特別任務に就き、報告も長官だけに行うよう定められている。分析官や通訳はおらず、イスラエル国防軍の特殊部隊や、イスラエル公安庁であるシン・ベト、そしてモサド自身の作戦本部から選んだ者たちで構成されていた。直接行動隊はその名が示唆するとおり、単独で任務にあたる個々からなるグループだ。ただし、今回は違ったらしい。

ヌーリンは言った。「理由がなんであれ、君の部下は致命的なミスを犯した」

回転式砲台のように頑丈そうなヴェロンの頭が動く。「標的は運がよかったんです」

「いや、運がよかったのはわれわれのほうだ。ふたりしか送りこまなかったおかげで、それ以上の犠牲を出さずにすんだ」

「彼は何者ですか？」ヴェロンが感情のうかがえない平坦な口調できいた。

「教えられないと言ったはずだ」

ヴェロンは身をこわばらせたものの沈黙を守り、上司に異議を唱えようとはしなかった。

「女のほうは？」ヌーリンはきいた。「捜索に進展はあったのか？」

それはザハリアスの担当分野だ。「スウェーデンには現在四名の工作員がおり、八名が現地に向かっている途中です。大使館からも六名の応援を得ました。ですが、今のところ何もわかっていません」

「女は素人だぞ！　どうやったらこれほど完璧に姿を消せるんだ？」

「ときには素人のほうがうまくいく場合があります」ヴェロンが口を挟んだ。「予測不能な動きに出ますから」

ザハリアスがつけ加える。「彼女がスウェーデンを出国した記録はありません。ですから、まだ国内にいると思われます。必ず見つけるつもりですが、どのくらいかかるかは申しあげられません」

ヌーリンは指でテーブルをコツコツと叩いた。アントン・ブロフの忠誠心を完全に読み誤った。おかげで、この数年で最も重要な作戦をぶち壊された。「ブロフの容体に関して新しい情報は？」

「変わりありません」ザハリアスが言った。「大使館員がひそかに見張っています。現在のところブロフが昏睡状態にあるのは、こちらにとって好都合と言えるでしょう。時間を稼げます」はっきりと明るさを増した口調でつけ足す。「スマートフォンを取り戻しました」

「どこにあった？」

「追跡した先は年金受給者のアパートメントでした。ひとりが忍びこみ、キッチンカウンターの上で発見しました。標的が始末したものと思われます」

「ファイルにアクセスしていたか？」

「一度だけ」

惨憺《さんたん》たる状況の中で、ヌーリンはひと筋の希望の光を感じた。

「彼はスマートフォンを使ってメッセージを送ってきました」ヴェロンが言った。肉厚の手がテーブルに広げた書類を探るが、明らかに手慣れていない動きだった。ヴェロンは一枚を引きだすと、ヌーリンが読めるように向きを変えてテーブルの上を滑らせた。「ご覧になりましたか？」

ヌーリンは写真を一瞥《いちべつ》してから視線をそらした。「ああ、見た」

室内に沈黙が広がった——ふたりが説明を待ち、三人目は説明するつもりのない沈黙が。

ヴェロンが沈黙を破った。「われわれはあなたが望むことをなんでもするつもりです。しかし、誰を相手にしているのか教えていただければ非常にありがたい。もう一度お尋ねします……この男は何者なんですか？」

ヌーリンは部下たちを交互に見て、最後はヴェロンに視線を定めた。「こんなふうに言えるだろう、オデッド。状況が違えば、彼は君の立場にいたかもしれない」

ヴェロンは身じろぎもせずに直立不動で立っていた。

やがてヌーリンは言った。「ふたりとも、もう行っていい。この女を見つけてくれ。われわれが優先すべきは彼女だ」

「男のほうは？」ザハリアスが尋ねた。

「君たちに見つけられるとは思えない」

「ですが、もし見つけたら？」

ヌーリンは考えを巡らせた。「その場合は……逃がせ」

ヴェロンとザハリアスは明らかに満足していない様子だったが、命じられた任務を遂行するために部屋を出ていった。

ひとりになると、ヌーリンの視線は目の前に置かれた写真に落ちた。午後のあいだずっと頭に浮かんでいた疑問が舞い戻ってくる。スラトンは納得したのだろうか？　われわれはしくじったが、まだ可能性は残っている。うまくいけば。たとえスラトンが先に妻を見つけたとしても、彼はすでに自分たちの安全を脅かすものが存在することを知っている。暗殺者《キドン》の背中をひと押しして、最後の任務を引き受けさせる方法が見つかるかもしれない。イスラエルへの最後の献身だ。もちろん、代替案も考えてある。ヴェロンと彼の直接行動隊だ。だがそれは最後の頼みの綱で、ヌーリンとしては避けたかった。それでも必要とあらば命令を下すつもりだ。イブラヒム・ハメディ博士の暗殺はヌーリンの在任期間で、いやこの数十年で最も重要な作戦だ。あと一度だけ決行するチャンスがあり、その場所はジュネーヴでなければならない。コムの技術者である博士が無防備になるからだ。当然、イランもそのことに気づいているだろう。テヘランでヌーリンと同じ立場に立つファルザード・ベルーズは、最後の試みを警戒しているはずだ。期待していると言っていいかもしれない。

そのとき、別の懸念が心に浮かんだ。もっと個人的な性質のものだ。

ヌーリンは不安に駆られてテーブルの上の写真を見た。そこに写っているのは血にまみれ、うつろな目をしたカッツァの死体だった。この写真を送ってきたのは強気なポーズにすぎないとわかっている。しかし、添えられていたメッセージのほうはどうだろうか。

ジュネーヴへ向かう。クリスティンは追うな。
もし彼女に危害を加えたら、親愛なる長官、
今度はあんたがこうなる番だ。

次にすべきことはわかっていたが、スラトンは早足でしばらく歩いてから、通行人に道をきいた。中東、もしかするとイラン出身かもしれない若者を選んで尋ねると快く教えてくれ、三分後にはインターネットカフェに着いた。

もはやエドマンド・デッドマーシュ名義のクレジットカードは使えないので、現金で支払ってアクセスコードを教えてもらう。あたりを見渡すと、列の端に使用者のいない高性能コンピュータがあった。そこへ向かう途中、電源が落とされてキーボードに〝故障中〟の札が置かれたコンピュータが目に留まった。スラトンはそのそばで足を止め、テーブルにバッグを置いて中身を探りはじめた。しばらくして再び歩きだしたが、彼のバッグに〝故障中〟の札が入っていることに気づいた者は誰もいないようだった。

スラトンは一番端の端末の前に座り、インターネットに接続した。まずストックホ

ルムの地元のニュースサイトを呼びだし、一日前に起こった発砲事件について見つかったものすべてに目を通した。記事は六つあり、そのうちの三つがアルネ・サンデション警部の発言を引用していた。どの記事も外国人によるテロだと疑っており、どんな可能性も除外できないというサンデションの発言は気に留めていなかった。クリスティンの居場所につながりそうな情報は何もない。

スラトンは次にストックホルム県警のウェブサイトを訪れ、最近の盗難事件を検索したが、目当てのものは見つからなかった。彼は地図サービスに切り替え、ストランドヴェーゲン通りを拡大した。そこからカーソルを北へ、さらに水路に沿って東へ動かし、ストックホルムからリガへの航路をたどる。迷路のように散らばる島のあいだを進み、やがて広がった水路が最終的にバルト海にのみこまれる地点まで達すると、今度は来た道を逆に戻りはじめた。大きな島やおもな支流をくまなく調べていく。頭の中に地図を刻みこもうとしたものの、入り江や河口が網状に果てしなくつながっていて記憶するのは難しかった。どこから始めればいいのかわからないところが、いらだたしさと同時に満足も与えてくれる。最初から、それが狙いでもあったからだ。

地図を確認し終えると、検索エンジンに〝スウェーデン〟〝水上飛行機〟〝チャーター〟と入力した。六件ヒットし、場所のチェックを行って選択肢を三つにまで狭めた。それぞれのウェブサイトを比較して一社を選び、購入したばかりの携帯電話のひとつに、マグヌッセン・エア・チャーターの連絡先を入力する。

あらかじめ決めておいた時間になると、頭の中でタイマーが鳴った。スラトンは室内を見まわした。背中を丸め、イヤホンをはめてひとりで没頭している者から、友人と肩を寄せあって気軽にネットサーフィンをしている者まで、およそ二〇人がコンピュータに向かっている。軽食スペースに並ぶ列は短く、背後のカウンターではエスプレッソマシンが蒸気をあげながら音をたててコーヒーを抽出していた。どこにもおかしなところはない。

スラトンはコンピュータに向き直った。最後の仕事は最も注意が必要だ。彼はイースタン・ヴァージニア州医師会のウェブサイトを開き、クリスティンのユーザーネームとパスワードでログインした。コンピュータがかすかな音をたて、接続中のアイコンがくるくるまわるのを見ていると、急速に期待が高まってくる。それとも恐怖だろうか？　果てしなく続くかに思われた読みこみ時間ののち、ようやくクリスティンの仕事用のメールアカウントが画面に現れた。〝私の胆嚢《たんのう》の件〟や〝ソフトボール中止のお知らせ〟など、患者から三件、同僚から四件メッセージが入っている。そしてもう一件、記録にないメールアドレスからの、件名が書かれていないメッセージがあった。可能性はひとつしかないと思われた。マウスの上に置いた指でクリックする。スラトンの目にシンプルなメッセージが飛びこんできた。〝石積み職人《ブリックレイヤー》一一一〇四六〟

体の緊張が一気に解ける。その短い文字列を見たとたん、スラトンは思わず目を閉じ、詰めていた息を吐きだした。そのときになって初めて、クリスティンの失踪がどれほど重くのしかかっていたかに気づく。作戦の計画を立てる、目標を定める、接触する——あまりにも容易に昔の調子を取り戻したせいで、本当に危険にさらされているのが何かを見失っていた。目の前のメッセージが安堵《あんど》をもたらしてくれたことは否定できないが、同時に不安も生じさせた。自分がどれほど細いワイヤーの上を歩いているかを思いだす。間違いは許されない。

スラトンは再び地図サービスを参照してから、最後にブラウザのウインドーに一連の文字を入力した。意味をなさない、数字と特殊な文字の連続だ。一年前と状況は変わらないはずだから、ウェブサイトは機能しているだろう。やがて画面に現れたのは、なんの変哲もないページ——小さなブルーの錠剤の写真が掲載された、安いバイアグラの広告——だった。その下に赤字で記された、ダウンロード可能なファイルがひとつ。まともな人間なら——そもそもまともな人間なら、このページへたどり着く可能性は極めて低いが——迷惑メールと判断して、ただちに忘れてしまうようなウェブリンクだ。そういう人々はすぐさまページを閉じ、二度と戻ってこないだろう。コンピュータにそれほど詳しくない者でも、こんなダウンロードリンクはウェブ上の爆弾に等しいものとして扱うはずだ。実際、まさにそのとおりのリンクだった。

スラトンがダウンロードボタンをクリックするとコンピュータが低い音をたて、モサドが作った非常に冷酷で効率よく作用するマルウエアを取りこみはじめた。まず、ハードドライブ上の全情報が破壊されるはずだ。その後、プログラムがオペレーティング・システムを絶対に修復不可能な方法で崩壊させるだろう。三分後、スラトンが受けた説明によれば、彼が使っていたコンピュータは海の底にひと月沈められていたのと同じ状態になった。スラトンは椅子を引いて立ちあがり、キーボードに〝故障中〟の札を置いた。

六〇秒後、彼は再び通りに出ていた。ストックホルムを離れるときが来た。こうしているあいだにも、サンデション警部や彼のような誰かが、情報を結びつけはじめているかもしれない。そうなれば街中の移動はかなり制限されてしまう。幸い、もはやここにとどまる必要はなかった。まだはっきりしないとはいえ、新たな行き先ができた。当面しなければならないのは、どこへ向かっているか痕跡を残さずに立ち去ることだ。青い空の下、石畳の歩道を歩きながら、彼の歩くペースはひと足ごとに速まっていった。

14

絵のように美しいウォーターフロントの同一街区で、四八時間以内に発生したふたつ目の発砲事件はストックホルム中に大騒動を引き起こした。マスコミは現場と県警本部の両方へ押し寄せた。市長からも問い合わせがあった。スウェーデン首相は、贅《ぜい》沢《たく》なカーペットが敷かれた一室に国家警察長官を呼びつけて説明を求めた。もちろんそれらのしわ寄せはすべて、くたびれたビルケンシュトックの靴を履いたアルネ・サンデションのもとへやってくる。

サンデションはストランドヴェーゲン通りへ出向き、ふたつ目の事件があったカフェで、現場の周囲に黄色いテープを張り巡らせる部下たちを見守りながら一時間ほど過ごした。犠牲者たちを一瞥しただけで、彼がすでに抱いていた疑いは確信に変わった。彼らは金曜の発砲事件との関連で行方を追っていた男たち、すなわちウォーターフロントでクリスティン・パーマーを追いかけていたふたり組だった。入院中のエルマンデルを含めた目撃者への聞き込みで、警察が捜索すべき人物が明らかになった――アメリカ人の石積み職人だ。二歩前進して、一歩後退かとサンデションは思った。ある意味、進歩はしている。彼は現場の鑑識チームに細かく指示を出すと、午後一時前に警察署に戻った。だが、デスクにたどり着かないうちにブリクス巡査部長につかまった。

「副本部長がお呼びです」

サンデションはあきれた顔でくるりと目をまわした。「まったく、いいかげんにしてくれ。こんなに頻繁に呼びだされて、いつ仕事をしろというんだ？　グンナル、俺が副本部長のところへ行ってるあいだに、今日の大惨事に関連する地下鉄の監視カメラ映像がないかチェックしてくれ。日曜なのはわかってるが、休みでも出てこさせろ。今回の事件は前回とよく似ている。無駄な捜査はしたくない」

「ああ……はい」ブリクスが言った。「わかりました」背を向けて去っていく巡査部長を、サンデションはどことなく違和感を覚えつつ見送った。

警戒しながら、ドアが開け放されたシェーベリの部屋に近づく。副本部長はしかめっ面でノートパソコンの画面を凝視していた。いつもと違ってピリピリした雰囲気で、目が充血して眉間にしわが寄っている。まるで大しけに耐える船長だ。上層部からせっつかれているのだろう。本来シェーベリは目立つ事件が好きではないのに、今回はとんでもない注目を浴びている。

サンデションの顔を見たシェーベリは、もともとさげていた口角をさらにさげた。

「アルネ、入ってくれ」

「ウォーターフロントへ行ってきたところです」サンデションは話しはじめた。「向こうは戦場みたいでしたよ。上層部から何か——」

「アルネ」シェーベリがさえぎった。「座ってくれ。その前にドアを閉めてもらえるかな？」

サンデションは慎重な面持ちで指示に従った。「何かあったんですか？　もしかしてエルマンデルですか？　症状が悪化したとか？」

「いや、違う」シェーベリが言った。「そうじゃない。容体は安定している」

「出血状況からして、もっと重傷になっていた可能性もあると聞きましたよ。通信指令員が制服警官の応援に加えて、救急救命士の出動も要請してくれて本当によかった。私に言わせれば、彼女を表彰すべきです」

シェーベリは無言のままだ。

サンデションは再度きいた。「どうしたんです？　私は何かしくじりましたか？」

シェーベリがデスクに手を伸ばして携帯電話を手に取った。サンデションのものだ。

「ああ、よかった！　今朝からずっと捜してたんですよ。いったいどこにあったんです？」

「君が昨日使っていた覆面パトカーの中だ」

サンデションは手を差しだして携帯電話を受け取った。

サンデションは携帯電話をポケットに入れた。「うっかりしてたな。自分の車では

いつもそこに入れておくんです」

「だが、君の車ではなかった」

この会話の流れが、サンデションには気に入らなかった。「何が言いたいんです？」

「わかっているはずだ」

「どう思うかは勝手ですが……」喉まで出かかった言葉をのみこむ。叱責《しっせき》されるに違いない言葉だったからだ。

「金曜に医師のサムエルスから連絡をもらったんだ、アルネ。君に対する予備的な診断はまだ結論が出ておらず、彼は経過観察が必要だと感じている。ところが、君は診察を受けていない」

覚悟を決めたように深く息をつくシェーベリを、サンデションは無言で見つめた。

「残念ながら私にはどうしようもない。君を今回の事件の担当から外す。即刻だ」

「なんですって？」

「明日の朝、サムエルスの予約を取った。九時きっかりに」

サンデションは信じられない思いだった。すべての始まりは今年の夏に受けた定期健康診断だ。そのとき彼が最近忘れっぽくなったようだと言うと、警察の担当医にい

くつか質問された。サンデションの母が若年性アルツハイマー病を患っていたと知ったとたん、医師の関心は急に高まった。その結果がこれだ。見当外れの疑いが雪だるま式に大きくなって、誤った危機的状況を作りだしてしまった。

「まず」サンデションは主張した。「私が医者と話した内容に関しては、プライバシーを尊重されてしかるべきでしょう。次に、いったいなんの権利があって――」

「権利？　君がまた医師との約束を忘れたせいで、アルツハイマー病の診察予約を取り直したことか？」

サンデションは勢いよく椅子から立った。「忘れていたわけじゃない！　急に裁判所で証言するよう要請があったせいです！」

シェーベリも立ちあがり、ふたりは顔と顔を突きあわせた。「君の携帯電話が見つかったのはどうしてだと思う？　鳴っていたからだ。今は病院にいるエルマンデル巡査部長が、君の指示を求めて電話をかけた。君の命令で尾行していた男が怪《あや》しい人物と話しているのを見て、どう対処すべきかアドバイスが欲しかったんだ。エルマンデルは上司と話す必要があったのに、その上司の姿はどこにも見あたらなかった！」

サンデションは背を向けた。自分のせいで仲間の警察官が撃たれたと思うと胸が痛んだ。しばらくしてようやく口を開く。「ばかげている。あなただって、携帯電話をどこかに置き忘れたことくらいあるはずだ」

「アルネ……残念だ。アルツハイマー病とは無関係かもしれないが、危険を冒すわけにはいかない。今回の捜査は非常に高い注目を浴びている」

サンデションは反論したかったが、そんなことをしても自分に不利になるだけだとわかっていた。彼は静かに尋ねた。「誰が引き継ぐんです？」

「国家警察のアンナ・フォーシュテンだ」

「あの希望の星か。野心的でテレビ映りもいい。認知症でもないし」

「頼む……今以上に状況を難しくしないでくれ。すでに公安警察も関わっている。テロという見方が強まっているんだ」

「これはテロじゃない」サンデションは言った。「少なくとも、公安警察が考えているようなものとは違います」

「次に話したかったのはそれなんだ。昼食後に会議がある。これまでに判明していることをすべて彼らに説明してほしい」

サンデションはぐったりと椅子に座りこんだ。シェーベリも腰をおろす。

「私の立場も理解してほしい、アルネ。君にとって簡単なことではないのはわかっているんだ」

サンデションはガラスケースに収めて奥の壁にかけられた、結び目のあるロープをぼんやりと見つめた。「それで、彼らに概要を伝えたあとはどうなるんです？」

「医師が完全に復帰していいという診断を下すまで、君は病気療養のために休職することになるだろう」

サンデションは懸命に気持ちを落ち着かせた。「わかりました。医者に診てもらいに行きますし、このばかばかしい誤解を解くために必要だというなら検査だって受けますよ。だが、捜査には引き続き関わりたい」

「それは――」

「内勤でもなんでもかまいません」サンデションは部屋を見渡し、プライドをのみこんで続けた。「パウル、頼む……この事件から外さないでほしい」

「すまない、アルネ、私にはどうしようもない。問題が早く片づけば片づくほど、君の復帰も早まるんだ」シェーベリが同情のこもった目を向けた。

サンデションはシェーベリに飛びかかって首を絞めないようにするのが精いっぱいだった。

わざと元気よく立ちあがり、ドアへ向かう。

ドアノブに手をかけようとしたところで、シェーベリの声がした。「アルネ……」

サンデションは足を止めた。

「さっき君が言ったことを詳しく説明してくれ」

「なんのことです？」

「公安警察が今回の事件をテロと確信しているという話について。君の意見は違う。どうしてだ？」

答えるまでにしばらく時間がかかった。「定義によれば、テロとは政治的目標を追求するための暴力行為です。集団による脅しだ。しかし今回の発砲事件では、これまでのところ誰もそういった脅しは受けていない。テロとは別物ですよ。前庭でギャングの抗争があったようなものだ。事件に関与した全員が外国籍の持ち主らしいが、スウェーデンに向けた攻撃とは思えないんです」

シェーベリがうなずいた。「なるほど。言いたいことはわかる」

「国際刑事警察機構《インターポール》や外国の諜報機関と協力すべきでしょう。まずはアメリカと……あのエドマンド・デッドマーシュという男が何者か突き止めなければ。あの男が中心にいるのは間違いないのに、まったく謎に包まれている。彼に関してわれわれが得た情報はすべて誤りであると判明した、あるいは、この二四時間のあいだに消えてなくなってしまったんです」

それから五分間、サンデションは説明し続けた。午後の会議に向けた舞台稽古《げいこ》のようなものだ。シェーベリはメモを取っている。

サンデションは話を終えると言った。「ほかには？」

「いや、今のところこれでいい、アルネ。行ってくれ」

15

警察が捜している男はそのとき、ストックホルムから五〇キロ近く離れた場所をE四号線と並行して走る特急列車の中にいた。肩のあたりにある窓は、秋の色に変わったばかりの野原と、緑の針葉樹がまじりあう風景を縁取っている。夏の仕事を終え、再び巡りくる厳しい季節へ向けて準備を整えつつある一帯に、茶色い葉がひらひらと落ちていく。だが、暗殺者《キドン》はそのどれにも気づいていなかった。彼の目は車窓を流れていく景色を見ていない。ひとつにはこれから数時間ですべきことに気を取られていたせいだが、周囲の乗客から自分を切り離しているからでもあった。幸い乗客たちは皆、タイミングの悪い出費に頭を悩ませたり、夫婦の不和をなんとかしようとしていたりと人生に訪れた危機に立ち向かっている者ばかりらしく、スラトンのことを気にする余裕はないようだ。

人は誰でも問題を抱えている。ただ程度が違うだけだ。

一時間後、列車はニュシェーピングに到着した。スラトンは駅のそばのレストランでエスプレッソを飲み、パンとハムやキュウリやキャビアなどの具材を重ねたボリュームのあるスメルゴストータを食べながら九〇分の待ち時間を過ごしたのち、やってきた列車に乗りこんだ。乗り継いだ列車がオクセレスンドに着いたとき、駅の時計は四時二一分を指していた。

ターミナルの外へ出たスラトンは、位置を確認するために足を止めた。右手には、バルト海に面した大きな製鉄所があった。何エーカーにもわたって配管や機械が並び、地面には山積みの鉱石が見えるが、どれも吹きさらしの海風のせいで赤く錆《さ》びている。その隣は工場で働く人々が暮らす地域のようだ。家々も製鉄所と同じで、年月を経てくたびれているものの、変わりゆく世の中で粘り強くその役目を果たし続けていた。

必要なものは町の中心にあると判断して、スラトンは歩きはじめた。五分もすると、店やレストランが慎ましく並んだオクセレスンドの商業地区にたどり着いた。左折して大通りに出ると、靴の修理店があった。色あせた看板の上に携帯電話サービスの垂れ幕がかかっている。さらに進んだところには、歩道の真ん中にレストランの新しいメニューを宣伝する立て看板が置かれていた。伝統的な料理がピザとカプチーノに取って代わられるらしい。どこも生き延びるために必死なのだ。それはスラトン自身にも言えることだった。ストックホルムと違い、ここではよそ者を疑いの目で見ないようだ。むしろ人々は自分たちのポケットに金を落としてくれるよそ者を歓迎する。それにオクセレスンドのエスプラナーデン通りにいる人間が、ストックホルムのストランドヴェーゲン通りで起きた一連のテロとスラトンを結びつける可能性は低そうだった。ストックホルムとの大きな違いは、彼にとっては安心できる材料だ。おそらく八〇キロ以内にモサドの工作員がひとりもいないと思われる点はさらに都合がよかった。

　日曜の午後も遅い時間になり、あまり商売気のない店はすでに店じまいしていた。だがスラトンは幸運にも地元のアウトドア専門店で、ウインドーに閉店の札を出す寸前の店主をつかまえることができた。それだけでなく、案内された棚では夏の装備の在庫一掃値下げセールが行われていた。ほかの人々と同じく、暗殺者にもバーゲンはありがたい。スラトンの場合、直接の理由は普通と違い、資金を使いきらずにすめば急いで金を盗む必要がなくなるからだ。

　店主には時期外れのハイキングの準備だと説明し、頑丈なトレッキングブーツと分厚い靴下をふた組、小さなバックパックとGPS受信機を選ぶ。半額の棚からは、両脚にいくつもポケットのついたズボンと、厚手のコットンシャツ、薄手の防水ジャケットを選んだ。それが終わるとメインカウンターへ行き、ツァイスのコンパクトな双眼鏡と、ひとつかみの栄養補助食品《エナジーバー》を通常価格で購入した。スカンジナビアではどこもそうだが、税金を加えると合計金額はかなり高くなる。だが店主は悪くない為替レートで処理してくれた。店を出るときには、スラトンのポケットは入ってきたときより四〇〇ドル分軽くなっていた。

オクセレスンドでの最後の仕事はいっそうの注意が必要だった。〝どうやって嘘を隠す？〟頭の中に、忘れていたモサドの指導教官の声が響く。〝見え透いた小さな嘘をつけ〟海岸沿いの道を歩くうちに、自分がどんな人物になるか決まった。スラトンは派手なランジェリーブティックに入って、店の商品のモデルとしてもやっていけそうな三〇代と思われる女性と話し、布地の少ない赤いネグリジェとそろいのショーツ、とんでもなく高いチョコレートバーが二本入ったピンク色の小さな袋を手にして店を出た。通りに戻り、GPS受信機を確認する。マグヌッセン・エア・チャーターは現在地から歩いて一〇分ほどのところにあるようだ。

営業時間が終わりかけていると気づき、スラトンは足を速めた。行き先は商業地区から離れていた。ほどなく西にある低い丘の影が長く伸びる下を歩くことになった。両側の常緑樹にのみこまれそうな道は、アスファルトから砕いた砂利へ、そして轍《わだち》の残る未舗装道路へと変わっていった。ジグザグになった道の角を曲がると急に視界が開け、そこが捜していた場所だとわかる。風雨にさらされてグレーになった羽目板張りの建物がひとつあり、マグヌッセン・エア・チャーターと手書きされた看板がかかっていた。看板の上の二階が住居も兼ねているらしい。

敷地内には水上飛行機が二機あった。ひとつは浮き桟橋に係留ロープでつながれ、お辞儀をするように揺れている。二機目も同じタイプのセスナのようだが、壁のない格納庫の下に置かれ、エンジンや車輪、浮き舟《フロート》の片方がなかった。内部の部品が取り除かれて、開けっ放しの点検口が風に揺れている。わかりやすいやり方だ。一機は水上飛行機として飛ばし、陸にあげられたほうは大破してスクラップ置き場に持ちこまれた車のようにスペアパーツの供給源として使われているのだろう。

スラトンは建物に近づき、見える範囲で唯一のドアをノックした。返事はないが、二階で犬が吠《ほ》えている。そのとき、背後で声がした。「何かご用？」

スラトンが振り返ると、そこにいたのは身長一六〇センチくらいの女性だった。おそらく五〇代後半で、ブロンドがグレーになりかけた髪に意志の強そうな目つきをしている。片手にレンチを持ち、袖に機械油のしみのついた濃紺のつなぎの作業服を着ていた。第二次世界大戦中、女性ながら造船所などでたくましく働いたというロージー・ザ・リヴェッターの小型版だ。

スラトンは彼女にならってスウェーデン語で言った。「ええ、チャーターの件でお聞きしたいことがあるんです」

「それならここはうってつけの場所だわ」女性が近づいてきて、ぼろ布で手をぬぐってから握手した。「ヤンナ・マグヌッセンよ」

「ニルス・リンストロムです。あなたがオーナーですか？」

「オーナー兼パイロットなの」彼女はレンチを持ちあげてつけ加えた。「ときどき整備士もするわ」

ブルーの目は生き生きとして明るい。スラトンは笑みを浮かべて心の中で訂正した。ロージー・ザ・リヴェッターというより、女性飛行士で冒険家のアメリア・イアハートの小型版だ。

「明日、飛行機をチャーターするのは可能ですか？」

「ええ、大丈夫よ。この時期はあまり忙しくないの。水曜にアールホルマの近くの島に物資を落とす仕事が入っているんだけど、それまでは空いてるわ」

「よかった。僕はCLTアソシエイツから来ました。個人の地質調査を請け負う小さな会社なんです。明日の朝、ブレレン島の近くに行かなければなりません。そこで落としてもらって、翌朝迎えに来てもらいたいんです」

ヤンナ・マグヌッセンはスラトンの説明を聞きながらうなずいた。彼がしたような依頼は珍しいことではないのだ。僻地《へきち》を飛ぶパイロットは人や物資をほかの方法ではたどり着けない場所に届けることで生計を立てている。スウェーデンには従来の手段では到着まで一週間かかることもある人里離れた島や山に囲まれた湖が存在し、中には冬になれば完全に孤立してしまう場所もある。彼女はパーツ調達用の古い飛行機の残骸のほうへ歩いていってかがみこみ、残っているフロートをレンチで外しはじめた。時間を無駄にしない女性だ。スラトンには好都合だった。

マグヌッセンが肩越しに言った。「乗客がいようといまいと、一時間飛ぶごとに一四〇〇クローナもらってるの。ブレレンは北へ一時間のところにあるから、二往復で……」言葉を切って計算する。「五〇〇〇でいいわ」

ドルに換算するとおよそ七〇〇だ。「実は、もっと時間がかかるかもしれません。上空から目視による調査を行ったり、もしかすると写真を撮ったりもしたいので。明日もう一時間、火曜にも二時間増やしてください。飛行機の座席は四人分あるんですよね？」

「ええ、そうよ」

「復路でもうひとり、チームのメンバーを乗せてもらうことになるかもしれません。全部で七時間でもかまいませんか？」

今度はハンマーの音をたてながら、マグヌッセンが言った。「それなら八〇〇〇。半額を前金で」

「現金でもいいですか？」

ヤンナ・マグヌッセンが動きを止めた。立ちあがってスラトンを凝視する。生き生きとしていた目から輝きが消え、疑念が浮かんでいた。「現金？」

スラトンはそれとわかるほど身をこわばらせた。彼は買ったばかりのものをアウトドア専門店のショッピングバッグに入れ直し、そばの地面に目立つように置いていた。

近づいてきたマグヌッセンがショッピングバッグ――というより、目につく一番上のもの――に視線を落とす。深紅の繊細な薄紙に包まれた赤いネグリジェだ。

スラトンはため息をついた。「すみません、本当は地質学者じゃないんです。僕は……」

「既婚者?」マグヌッセンが言った。

「かろうじて今はまだ。昔からの知り合いと会う約束をしているんです。とても大切に思っている人と」

マグヌッセンはショッピングバッグを見つめている。「そうでしょうね。どれほど大事かは見ればわかるわ。ねえ、結婚してどれくらい?」

「九年です。初めの二年は幸せだった」

マグヌッセンは時間をかけて探るようにスラトンを見た。スラトンはもはや仕事の話をしに来た男ではなく、浮気を見破られた女たらしに見えるよう努めた。この場で優位に立っているのはヤンナ・マグヌッセンのほうだ。彼の計画どおりに。

「同じようなものよ」しばらくしてマグヌッセンが言った。「私のろくでなしの夫は五年前、二九歳のハープシコード奏者に乗り換えて私を捨てたの。最後に笑ったのはこっちだけど」

「どうしたんです?」

マグヌッセンは背後の錆びた大きな残骸を指さした。かつてはしゃれた飛行機だったが、今では骨組みだけになってしまった鉄くずだ。「離婚調停で手に入れたのよ」唇に勝ち誇った笑みを浮かべて言った。「彼の飛行機だったの」

翌朝は八時の出発で話がまとまった。スラトンにとって二重にうれしかったのはマグヌッセンが、歩いてすぐのところで小さなホテルを経営している自身の妹に、一泊二食付きの客室の料金を手頃な値段にするようかけあってくれたことだ。五分ほど歩いて手短に挨拶したあと、スラトンは港とシェーンホルムスロット湾が見渡せる部屋に案内された。彼はひとりで食卓につき、ジャガイモをビーフストックと黒ビールで煮込んだ、船乗りのシチューという意味のボリュームのある本格的なシェーマンズビフを食べた。そのあとはジャガイモが原料の蒸留酒アクアヴィットを飲み、グレタ・マグヌッセンの料理の腕ともてなしを称賛して、翌日の早朝のモーニングコールと朝食を頼んだ。一〇時には部屋に戻って荷物を整理し、低い太陽が湾の向こうの西の水平線にかかる一〇時三〇分には、スラトンは一日を終えて目を閉じていた。

スラトンが眠りに就いた頃、アルネ・サンデションは落ちこんだ気分で自分のフラットに帰った。コートをドアのそばのフックにかけ、忘れずに携帯電話を取りだして充電器にセットする。ひどい一日だった。まず捜査から外され、次に自分の仕事を横取りした面々にこれまでの経過を説明させられるという屈辱を味わった。

家の中がいつも以上に静かに感じられ、サンデションは寂しさを紛らすためにテレビをつけた。だが最近起こったテロに関する記者会見を目にするはめになり、すぐに消した。二時間かけてアンナ・フォーシュテンに説明したばかりで、彼女はたしかに美人かもしれないが、気取ってテレビカメラの前に立つ姿を見る気にはなれなかった。

一日の仕事を終えて、これほど疲れを感じたことが今までにあっただろうか。何より頭が痛くてたまらない。ちゃんとした夕食を作ることを考えただけでいやになり、サンデションは冷凍の牛肉料理を電子レンジに突っこみ、棚からワインのボトルを取りだした。コルク抜きを探したが見つからない。彼はいらだって、ナイフかねじまわしを使ってこじ開けようかと考えた。しかし結局、一週間前に開けて残っていた、気の抜けたメルローを飲むことにした。ようやくグラスに注いでワインの問題を解決した頃には、メイン料理は加熱されすぎていた。

サンデションは硬くなった肉の塊を、突き刺したり切ったりしながら黙々と食べた。五年前に離婚してから、ひとりの食事には慣れた。一九年続いた結婚生活のあいだにひとり娘が生まれ、浮気を二回し、いろいろとつらいこともたくさんあった。だが現在に至るまで、彼は別れた原因を考えないようにしてきた。不貞――互いが同時に働いていた――は理由として充分だが、もっと大きな問題があった。サンデションは責任の多くが、ありきたりだが仕事にかまけていた自分にあるとわかっていた。しかし最終的に離婚を決めたのは互いの意志だ。

当時五二歳だったイングリッドは七〇歳の、トイレの備品を扱う業界の大物をつかまえてすぐに再婚した。年齢差を考えれば、イングリッドもまだまだ連れて歩くのにふさわしい若い美人妻だと見なされたのだろう。イングリッドとは彼女と夫のトイレ王が街で冬を過ごす際にたまに会っている。友好的な関係を続けていて、話題はいつも娘のことだ。両親が問題を抱えていたにもかかわらず、娘は立派に成長して、非常に有能な幼稚園教諭になっていた。イングリッドにも欠点はあるが、サンデションは彼女の料理が、正直に言えば彼女がときどき見せたユーモアが恋しかった。離婚後に数人の女性とつきあったものの、機嫌のいい日のイングリッド以上に彼を笑わせてくれる人はいなかった。イングリッドのよさを再確認するのはこういうとき――気の抜けたワインを飲みながらわびしく夕食をとるときだ。シャルドネを飲んで彼女の作る仔牛の蒸し煮を食べているに違いないトイレ王が、実際はひどく退屈な男ならいいのにと思うのはこれが初めてではなかった。

サンデションは手早く食事を終え、冷凍食品にもひとつは――片づけが楽という――長所があると思いながら、あふれかけたごみ箱にプラスチックのトレイを放りこんだ。どんどん惨めになっていく。彼は気分が落ちこんだときにいつもすることをした。二杯目のワインを注ぎ、仕事に頭を切り替えたのだ。今回の事件から外されたとはいえ、三五年続けてきた習慣は簡単にはやめられない。

エドマンド・デッドマーシュに対して抱いた直感は正しかった。それに基づいて行動を起こさなかったのを後悔していた。何しろ身元の情報が消えてしまうような人物だったのだから、たったひとりに見張らせるのではなく、もっと大がかりな監視を命じるべきだった。これまで何時間もしてきたように、サンデションはエルマンデル巡査部長のことを考えた。自分のせいで部下を危険な目に遭わせてしまったのだろうか？　そう思うと不安が募り、ますます頭が痛くなった。

鎮痛剤を求めて薬棚へ向かう。鏡に映っていたのは疲れた男の顔だった。この数週間あまり眠れていないのに、今日はそれに追い打ちをかける出来事があった。キッチンに戻ったサンデションは、明日のスケジュールに思いを巡らせた。午前九時にサムエルスの診察を受ける予定になっているものの、おそらく一時間くらいで終わるだろう。そのあとは何もない。なんの予定もないのは三五年間で初めてだ。警察署に行こうかと考える。自分を捜査から外したシェーベリに文句を言うつもりはないが、実際問題として、何者であれエドマンド・デッドマーシュと名乗った男が野放しになっているのにじっとしてはいられない。それだけでなく、自分が正しいかどうかはくだらない診断に左右されるものではない。それよりも、今日アンナ・フォーシュテンに差しだした仕事をきちんと終わらせることで判断されるべきだ。

疲れて落ち着かない気分がどんどん増してきて、サンデションは時計に目をやった。八時一五分。そしてメルローの残りを黙って見つめて一分も経たないうちに決心していた。仕事に戻るほうがましだ。シェーベリは現場の近くには来ないだろう。一時間、もしくは二時間。鎮痛剤が効きはじめるまでだ。そうすれば眠れるかもしれない。

まだ指三本分残っていたワインのボトルに再びコルクで栓をする。コートを着ると、ポケットを叩いて忘れ物がないかどうか確かめた。身分証明書、携帯電話、財布。そこで、シェーベリの非難に屈した自分自身に悪態をつく。アルツハイマーなんてくそくらえだ。

外へ出たサンデションは、冷たい夜気の中をきびきびとした足取りで歩きはじめた。

16

ハメディはビデオ映像を一心に見つめていた。球体を半分にカットしたような容器がゆっくりと向きを変えると、腐食液がスプレーされ、複合立方晶窒化ホウ素でできた切削工具がコンピュータ制御によって正確に動く。保護《ケーシング》が完成したら、一〇〇〇分の数センチという精密な単位で削られるのだ。それほどの厳しい要求の重要性をハメディは理解していた。機能の問題ではなく――反応を起こすのは簡単だ――むしろ効率性の問題だ。核分裂が始まると、時間が過ぎるごとに成果が減少していく。彼は兵器の産出量を最大限にまで増やそうと、固く決意していた。

「そっとだぞ」ハメディは命じた。「スピードを落とせ」

隣に座る技術者がコマンドを入力すると、三階下に設置された機械の回転速度が減少した。貯蔵庫はコム近郊の施設の最下階にあった。完全に密閉されたその部屋全体が緩衝装置の上に造られていて、ごくわずかな振動にも影響されないだけでなく、温度と湿度も一定に保たれている。だが何より重要なのは、貯蔵庫がイスラエルやアメリカの戦闘機からの爆撃を受けないよう、鉄筋コンクリートで覆われた地下七〇メートルの場所にあることだった。

「ああ、それでいい。次は計測してみよう」

さらにコマンドが送られる。切削工具が引っこむと、数秒後にはレーザー干渉計を使って表面が測定された。ディスプレーの数字は許容数値をわずかに下まわっていた。

「もう少しだ」ハメディは言った。「続けろ」

技術者がコントロールスティックを握って作業を再開しようとしたそのとき、ハメディは彼にためらいが生じたことに気づいた。技術者は凍りついたように動かなくなり、ゆがんだ奇妙な表情を浮かべた。

「どうした、アフマド？」ハメディは詰問した。

技術者は答える寸前にのけぞってくしゃみをした。突然の筋肉の収縮が伝わって、スティックを握る手がビクッと跳ねる。たちまち警報のスイッチが入り、制御卓《コンソール》に赤いライトがつくとともに警告音が鳴り響いた。自動的に非常用システムが作動して一連の運転停止《シャットダウン》の手順が取られる。ハメディは大きく息をのみ、恐怖におののきながらビデオ映像を凝視した。半球体のケーシングから機械アームが完全に離れ、ヘッドが回転して停止する。そのときになってようやく、彼は再び呼吸できるようになった。

「この愚か者！」ハメディは怒鳴《どな》った。

「すみません、博士。あの……先週末、家族に会うためにひと月ぶりで家に帰ったんです。そのときに息子が風邪を引いていて。こんなことは二度と起こさないと約束します」

ハメディは親指と人差し指でこめかみをこすり、氷のように冷たい視線を技術者に向けた。「当たり前だ、アフマド。二度と起こすつもりはない！　ここから出ていけ！　ファイサルをよこすんだ！　ユダヤ人並みに汚いやつめ！」

技術者はのろのろと立ちあがった。

「次にこんな過ちを犯したら、対処するのは私じゃない。ベルーズに引き渡してやるからな。彼は私のように寛大ではないぞ」

アフマドの顔が曇る。

「行け！」ハメディは叫んだ。

技術者が慌てて立ち去る。ハメディはドアがカチッと音をたてて閉まるまで待った。それから目を閉じる。残り時間が少なくなっていくにつれ、我慢もきかなくなってきた。かっとなって怒鳴ったが、あとでアフマドと話をして丸く収めなければならないだろう。彼はハメディが抱える技術者の中でも有能な人材のひとりだ。それでも成功がすぐそこまで来ているときに、今回のような過ちを犯している余裕はない。ハメディもプレッシャーにさいなまれて眠れなくなっていたものの、アフマドのように複雑な事態には陥っていない。家族の心配をする必要がないからだ。妻も子もおらず、きょうだいさえいない。老いた母が唯一の血縁だが、自分はもはや帰っても歓迎されないだろう。職場にいるときを別にすれば、ハメディはひとりだった。そして今のところそのほうが好都合だ。気を散らさずにすむ。

ハメディは再びシステムをセットしはじめたが、心は別のところにあった。このプロジェクトが完成したら？　そのときは変化があるだろうか？

その答えは神だけが知っている。

一〇分後ハメディはオフィスに戻り、最近送られてきた内部メッセージを仕分けていた。彼の命令で、各施設間やコムの複合施設内での重要なやり取りはプリントアウトした文書のみに制限され、軍による配送便を利用することになっていた。メールや電子ファイルの転送はもはや選択肢にない。イスラエルのハッカーが三度にわたって、安全とされていたはずのサーバーに侵入を果たしたからだ。判明しているだけで三度なので、ほかにもあったかもしれない。もちろんハメディの指示によって情報の伝達速度はかなり遅くなったが、少なくとも安全は守られている。

そのとき、ドアがノックされた。

「どうぞ」

ハメディが顔をあげると、ファルザード・ベルーズの姿があった。どことなくいつもと違う雰囲気だった。ベルーズをよく知らなければ喜んでいるのかと思うところだ。

ハメディはばかげた考えを追いやった。

「本当なのか？」ベルーズが尋ねた。

「なんの話です？」

「成功間近と聞いたんだが」

ハメディは視線をデスクに戻した。「予定どおりです。もっと有能な技術者がいれば早まるでしょうが」

「どういう意味だ？」

「つい数分前、技術者のひとりが三週間分の労力を無駄にするところでした」

「見せしめにそいつを罰したのか？」

ハメディは書類を読むのをやめて言った。「私は背後から頭を撃つようなまねはしません。あなたがおっしゃっているのがそういうことなら」

ベルーズが笑みを浮かべた。少なくとも、トロールに似た見かけから笑みだと推測できるものを。

「未熟だからといって責めることはできません」ハメディは続けた。「彼は六カ月前まで老眼鏡のレンズを研磨する工場で働いていたんです。それが今では核爆弾を製造している。そういった急激な変化は信仰だけでは支えきれません。テヘランにいる黒衣を着たお偉方がいくら否定しようと」

「もっと経験豊富な者はいないのか？」

「少しならいます。要請もしました」

「しかし？」

ハメディはいらだちをあらわにした。「しかしほとんどは大学で働いていて、そのせいで信頼できないと、説明を受けました」

ベルーズは直接非難されても、あるいは彼個人にではなく彼が支持するイデオロギーを非難されても動揺を見せなかった。「君はどうなんだ、教授？　最高の教育機関のひとつで教鞭《きょうべん》を執っていたのはそう昔の話でもないだろう。だが、君は間違いなく信頼できる」

明らかな軽蔑を感じ、ハメディはベルーズをにらんだ。「ところで、なんの用ですか？」

「君がジュネーヴへ行く日が近づいている。安全対策について話しあわなければならないと思ってね」

「また攻撃を仕掛けてくるほどイスラエルが愚かだなんて言わないでくださいよ」

「ああ、今のところはなんの情報も入ってきていない。だが、いつでも耳は澄ましている」ベルーズは意味深長な言葉の説明をしようとはせず、警護の詳細について話しはじめた。ジュネーヴには自由に動かせる人員が五〇名いるらしい。それだけではないだろう。ベルーズのような男は常に備えているはずだ。計画は充分盤石だと思われた。最後にベルーズが言った。「演説のあとに君が追加したイベントのことが心配だ」

「どこが心配なんですか？」

「不必要だと思えるからだ。どうしても出席しなければならないのか？」

ハメディは椅子の背にもたれた。これまで懸命に取り組んできたが、それでもまだ解決すべき細かな点がたくさんある。「そもそもすべきことが大量にあって、ジュネーヴへは行きたくないんです。だが、ほかにどうしろというんですか？　国際査察団は会合に出席するよう求めてきました。こちらが提出した最新のリストを信用していないのは明らかだ。ただ、われわれにとって朗報なのは、今回の旅が最後になるだろうということです。いったん実験が行われれば、兵器の開発を否定するためにくだらない嘘を考えだす必要もなくなります。私が追加したイベントに関しては……ええ、やめるつもりはありません。わかってもらえるとは期待していませんが、国際的に学問に携わる者のひとりとしては充分に理解できることなんです。それにあなたもお気づきでしょうが、コムでは社交上のつきあいをする時間がほとんどない」

ベルーズが肩をすくめた。「国際的に学問に携わる者か……ああ、実にすばらしい。テヘラン南部出身の少年にとっては忘れられない夜になるだろう。そう思わないか？」

ハメディは返事をしなかった。

「もう一度教えてくれ」ベルーズが言った。「君が育ったのはどのあたりだと言っていたかな？　ウドラジャンか？」

「違います」ハメディは言った。「モラヴィですよ」

「ああ、そうだった」ベルーズがドアに向かった。「わかった、君の夜の外出も含めて準備をしよう。ああ、そうだ……大統領が、君の査察団へのプレゼンテーションの原稿に前もって目を通したいそうだ」

ハメディはなんとか笑みを浮かべた。「私が国家機密をもらすとでも心配しているんでしょうか？」

ベルーズは諭すように一本の指を立てた。

「いいでしょう」ハメディは折れた。「明日お渡しします……そうする以外ないので」

「理解してくれて助かる」

ベルーズがドアを閉めたとたん、なくなっていた空気が戻ってきたように息が楽になった。

ハメディはデスクに向き直り、地下実験に結びつくであろう一連の結果を再び読みはじめた。あと一〇日しかない。三日はここで作業をし、三日はジュネーヴで、最後の四日は準備を整えるためにコムで過ごす。そしてついに彼がすべてを捧《ささ》げてきたことが結実するのだ。

厳しいスケジュールの中、ひとつだけ遅れている作業があった。爆発の威力を測るために地震計を設置しなければならない。実験場の周囲一面の地中にセンサーを埋めこむのだが、作業は遅々として進んでいなかった。地面に穴を掘ることに一国の命運がかかっているかもしれないのに、どうしてうまくいかないのかハメディには想像もつかなかった。幸い、実際はそれほど重要な作業ではない。ハメディの見積もりでは威力は五キロトンになる。地震計があってもなくても衝撃に気づかないはずはない。実験はイスラエルの衛星がちょうど真上に来るときを見計らって、慎重に時期が設定されていた。もちろん、イスラエルだけでなくアメリカも常に監視しているはずだ。彼のプロジェクトが栄光の炎に包まれて成功するのを、まもなく全世界が目撃するだろう。

ふと、昔師事した教授たちはどう考えるだろうかと思う。大学院で一緒だった仲間たちはどう思うだろうか。ほとんどは高収入を得て民間企業で働いているが、名門大学で研究を行っている者もいる。彼ら全員が、富と名声の測定法を見つけているはずだ。しかしもうすぐハメディがそうなるように、世界に名を残す偉業を成し遂げる者はいないだろう。ハメディはより困難な道を選び、決して目をそむけずに取り組んできた。ハメディの研究の成果は炎となって中東を揺るがし、今後の力関係を変えるに違いない。歴史の本に彼の名前が載るのだ。尊敬されるのか、あるいは罵倒されるのか、それは国によって異なる。

今こうしているのはそのためだろうか？　それが理由の一部であることは正直に認めなければならない。科学者としてのエゴだ。

しかし、別の理由もあった。


スラトンは七時に目覚めると、グレタ・マグヌッセンが作った最高のワッフルと大きなポットいっぱいのコーヒーを楽しみ、八時にはセスナの操縦席の右側にある座席に乗りこんでいた。

「目的地の座標はあるの？」パイロットが尋ねる。「それとも、飛びながら誘導するつもり？」

「地図はありますか？」

ヤンナ・マグヌッセンが計器盤の中央の画面を地図表示に切り替えた。

「もっと広い範囲を見られませんか？」スラトンはきいた。

彼女が二度ボタンを押すと、地図の表示範囲が徐々に広がっていった。マグヌッセンが飛行前点検をするあいだにスラトンは現在地を確かめ、クリスティンの仕事用のメールアカウントで見つけたメッセージ〝ブリックレイヤー一一〇四六〟の数値を地図にあてはめた。

「ここだ」スラトンはストックホルムの東にある島々を指さした。「ここまで行ってくれたらもっと詳しく指示できます。天候は問題ありませんか？」

「今日は全国的に晴れよ。だけど明日はそうはいかないかもしれない。寒冷前線が近づいてきてるの。明日の出発を変更する気がないなら、遅くとも正午には出るようにしないと。さもないと、しばらく立ち往生するかもしれない」マグヌッセンが奔放な笑みを浮かべて言った。

「友人と僕は人里離れた場所に滞在するつもりなので、緊急時の計画も立ててあります。明日になって悪天候で飛べないようなら、僕からの連絡を待ってください」

「衛星電話を持ってるの？」

「いいえ。でもなんとか方法を見つけます」スラトンはポケットから現金の束を取りだした。「前金です」

マグヌッセンは札束を受け取ったが、わざわざ数えようとはしなかった。「領収書はどうする？」そうきいてから、いたずらっぽくつけ加える。「税金対策に必要じゃない？」

スラトンは穏やかに微笑んだ。「忘れないでください。明日、余分に燃料を積んでくることを。観光したくなるかもしれないので」

マグヌッセンは側面の収納ポケットに札束を押しこみ、一度も開いた形跡のない操縦マニュアルで蓋《ふた》をした。「燃料タンクをいっぱいにしていくわ。だけど予定の飛行時間を超えたら、料金もあがるわよ」

「結構です。さあ、行きましょう」

数分後、セスナはエンジン音を響かせながら、美しく静かな朝のシェーンホルムスロット湾の上をかすめて飛んだ。翼が大気をとらえる。やがて後ろにたなびく二本の筋も見えなくなり、セスナの背景が穏やかな海から穏やかな空に変わった。マグヌッセンの両手が制御盤の上を慣れた仕草で動いていく。スラトンは、飛行機の向きと完全にシンクロして回転するディスプレー上の地図を見つめていた。機首が北北東を向いて固定されると、特に必要な操作はなくなった。マグヌッセンは何度か景色を指さして会話を試みたが、スラトンが最低限の受け答えしかしないので、すぐに口をつぐんだ。安定したエンジン音だけがあたりに響いている。

スラトンは不安を募らせていた。

数カ月前に無理やりクリスティンに覚えさせた緊急時の手順に従ってここまでやってきた。当時の彼女は、モサドに関わるスラトンの過去は完全に葬られたと確信していて、対策の必要性を感じていなかった。だがスラトンは違った。そして今、彼の不安は正しかったことが証明された。取り決めどおりのメッセージを送ってきたところをみると、クリスティンもスラトンの話をちゃんと聞いていてくれたらしい。クリスティンは自分のすべきことをした。次はスラトンの番だ。ミスがないわけではないが、これまでのところ彼の計画はうまくいっている。だがクリスティンの仕事用のメールアカウントは他人でも簡単にのぞけるのではないだろうか？　ヌーリンの部下たちと会ったのはひどい失敗だった。おかげで今ではスウェーデンの警察に追われている。それにモサドの件もあった。彼らはあきらめるだろうか？　もしかすると引退した別の暗殺者に強要して任務に就かせようとしているかもしれない。それともヌーリンは、スラトンがジュネーヴに現れるのを待っているだろうか？　知るすべはない。考えれば考えるほど、彼とクリスティンの逃亡計画には粗があるように思えてしかたがなかった。

しかし同時に、スラトンはもう少しのところまで来ていた。彼女はすぐ近くにいる。彼は前方に広がる海に目を向けた。何百エーカーにもわたって岩と森と暗い海が続く広大な群島を見つめる。圧倒されそうだった。何を捜せばいいのか、正確にわかってすらいないのだ。おおよそのスタート地点に立ったにすぎず、あるのはスラトン自身とヤンナ・マグヌッセンのふた組の目だけ。スラトンはこれ以上計画を進めたくなかった。彼とクリスティンが次に行くべき場所を思い描こうとするたび、疑念が濃い霧のように押し寄せてくる。だが、とにかく彼女を見つけなければならない。予想どおりの場所にいてくれるだろうか？　今、何をしているのだろう？　スラトンにとってたしかなことはひとつだけだった。

これからの一時間は彼の人生でもっとも長い一時間になるだろう。

17

ちょうどそのとき、クリスティン・パーマーは凍るように冷たいバルト海に腰まで浸かっていた。

彼女が自分のものにしたヨットは通常は船底の竜骨《キール》から一・五メートル水に浸かっているが、干潮に近づきつつある今はそれが一メートル程度になっている。名前も知らない湾のごつごつした岩場に立つクリスティンは、手にペンキ用の刷毛《はけ》を持ち、収納箱で見つけた船底用の塗料を使って船体の周囲に幅広のブルーの線を入れていた。それが最後の仕上げだった。すでに色あせた赤い帆《セイル》カバーを取り外し、登録番号に微妙な変更を加えてある。作業のおかげで、彼女がストックホルムの外にある私有の桟橋から連れ去ってきたヨットとは著しく異なる外見に変わった。クリスティンは〝連れ去る〟という表現を使うことに決めた。〝盗む〟とか〝くすねる〟よりずっと好ましいし、〝借りる〟ではあまりに勝手だ。

最後にひと塗りして船尾に到達し、出来映えを確かめようと後ろにさがった。細かいところに目をやると、よくできたとはとても言えない。縁はにじんでまっすぐになっていないし、喫水線までペンキが垂れている箇所がいくつもある。だが、それは問題ではない。クリスティンはダヴィッドの指示に従っていた。〝見かけを変えるためにできる限りのことをするんだ。大きな規模で考えろ。一キロ以上離れたところから見て、誰にもわからなければそれでいい〟クリスティンは刷毛をペンキ缶に放りこむと、手首を使って顔にかかった髪を払いのけた。船尾に目を向ける。そこに書かれていた、彼女には意味をなさないスウェーデン語の船名を、フジツボ用のスクレイパーを使って三〇分かけて消したのだ。グラスファイバーがあらわになるまでこそげ落としたあと、このヨットに新しい名前をつけ、ブルーの太い文字を書いた。〝ブリックレイヤー号《BRICKLAYER》〟と。〝C〟の文字がゆがんでいることに気づいたクリスティンは、手直ししようと手を伸ばした。そのとき、一メートル下の海中で、彼女が立っていた岩がぐらついた。水中に倒れこみそうになり、刷毛を持つ手が大きく動く。なんとかバランスを取り戻したクリスティンが顔をあげると、目の前の船体にブルーの筋が入っていた。ブロック体の〝K〟と〝L〟のあいだに、喫水線のすぐ近くまでくねりながら続くその線は、酔っ払った〝S〟のように見える。

これでは殺人者《スレイヤー》だ。

その瞬間、ドクター・クリスティン・パーマーは自らが置かれた状況の不条理さに愕然《がくぜん》とした。人生がこんなふうになってしまうとは。バルト海に下半身を浸し、イスラエルのスパイに見つからないよう、盗んだヨットにペンキで新しい名前を書いている。

「いったい私は何をしてるの？」

クリスティンは濡れた刷毛を船尾梁《せんびばり》に叩きつけた。甲板にペンキが飛び散り、まるで青い鳥が大量に落ちてきたかのようだ。梯子《はしご》をのぼり、ペンキ缶と刷毛を置く。むきだしの脚と腰に吹きつける冷たい風が痛かった。海に入るために下着一枚になっていたのだ。乾いた服をひとそろいしか持たない者に選択肢はひとつしかなかった。幸い、このヨットの持ち主はタオルをたくさん積んだままにしていた。

クリスティンは甲板から階下に向かった。シャワー設備がないのでシンクにためた湯にハンドタオルを浸し、下半身についた塩水をぬぐう。温かくて気持ちがよかった。新しいタオルを使って水分を拭き取り、服を着てテーブルのほうを向いた。そこに海図を広げ、対角をふたつのマグカップで押さえてある。ヨットには電子航行システムを備えつけられるようになっていたが、オフシーズンになって持ち主が取り外したらしかった。よほどの物好きでもなければ、冬のスカンジナビアをクルーズしようとは思わないだろう。海図にはストックホルムの中心から現在地まで太い線が一本引いてあるだけだ。磁針方位一一一度、距離四六キロ。この数値がぴったり居場所を表しているわけではない。最も重要なのは、数値の位置より一キロ以上離れた地点を停泊地にすることだった。ダヴィッドはこの数値の基準となる始まりの地点も割りださなければならない。すなわちクリスティンが最後にいた場所、ストランドヴェーゲン通りだ。もちろんこれらはすべて、ダヴィッドがすでにスウェーデンへ来ていて、彼女のメッセージを発見したと仮定しての話だが。あとはごく簡単だ。人里離れた場所にいるクリスティンのもとにたどり着く方法を探すだけ。

うまくいかないわけがない。

クリスティンは上へ行って甲板に立った。小さなヨット——必要最小限の装備だが、信頼のおけるピアソン26——の操舵席を冷たい風が吹き抜ける。午前中ずっとそうしているように、彼女は水平線に目を凝らした。だが、新しいものは見えなかった。人造物はひとつもない。クリスティンが最後に文明に触れたのは昨日の朝、一二、三キロ北にあるルンマレ島の海沿いの町を訪れたときだった。そこでポケットに入っていた金を全部、おもに食料に費やし、仕事用のメールアカウントにメッセージを一件送った。それからヨットを走らせ、人里離れたこの島の裏側に錨《いかり》をおろしたのだ。取り決めのうち、彼女のほうですることをすべて終え、あとは待つしかなかった。ダヴィッドから聞いた計画はここまでで、クリスティンは地球の果てにある、人の手が入っていない自然のままの吹きさらしの港で、迫りくる厳しい冬にひたすら耐えるのだ。

岸に目を向ける。ブレレンと呼ばれる小さな島だ。ストックホルム群島に存在する、二万四〇〇〇ものほかの島々となんら変わった点はなく、露出した岩と、必死で生き延びようとするわずかな木々からなる島だった。とげとげして寂しい場所に見える。残りの三方も同様に気持ちを暗くさせる景色だ。開けた海と、海上の靄《もや》の向こうに浮かぶ、遠く離れた島がいくつか。目に映るのはそれがすべてだ。ボートも遊覧船もフェリーも見えない。

ダヴィッドの姿も。

「九時二一分を示す時計を描いてください」サムエルス医師が言った。

「デジタルで？　それともアナログ？」サンデションはきいた。

医師が葬儀業者のように厳粛な面持ちでサンデションを見つめる。

九時二一分は午前かあるいは午後かと尋ねようとして、サンデションは思い直した。この医者を敵にまわしてもしかたがない。サムエルスはたしかにうるさいが、自分の仕事をしているだけだ。一時間近く、ずっとこんなことをしている。〝今日は何日ですか？　何年かわかりますか？　私たちがいるのはどこですか？〟ばかげた繰り返しだ。それでも従わなければならないとわかっている。だがその決心も、一〇〇から七ずつ順に引いていくよう言われたときにはくじけそうになった。サンデションは七九で失敗した。とはいえ、それ自体は気にしていない。ひどく惨めな気分なのは、朝起きたときから頭痛がしているせいだ。医者に話すつもりは絶対にないが。

サンデションは、短針と長針をミッキーマウスの手にした時計を描いて渡した。

サムエルスが眉をひそめる。背が高く、禿頭で髭を蓄えている彼はフロイトにそっくりだ。サンデションの知る精神科医は皆、同じような外見で、感情の転移だとか抑圧だとかを口にするので、彼にはいやなやつとしか思えなかった。

「お母様が若年性アルツハイマー病と診断されたのは何歳のときでしたか？」

「覚えてません」

医師が疑いの目でサンデションを見た。

「六〇歳、あるいは六一歳かもしれない」

サムエルスがため息をつく。「小切手帳の帳尻が合わなくて困ったことは？」

「ありますよ。ただし、給料が少ないせいだが」

「お願いです、警部、もう少しで終わりなんです。今から三つの単語を言いますから、逆の順番で繰り返してください。レジ係、木材、切り妻屋根」

「ピニョン、ボワ、ケシエ」

サムエルスがぽかんとした顔になった。

「切り妻屋根、木材、レジ係……フランス語で言ったんですよ。言語は指定されなかったから。あとでふたりでビールを飲みながらならこんなクイズを続けてもかまいませんが、もう本当に行かなきゃならないんですよ。最近の街中は昔のように安全じゃないし、警察官として誓いを立てたからには、アミロイドベータ蛋白質《たんぱくしつ》が脳を詰まらせている可能性があるからといって何もしないわけにはいきません」

「わかりました」サムエルスが言った。「もう充分でしょう。ただし、ＭＲＩ検査は受けてもらいます」

サンデションは抗議しようとして、それくらいなら害はないだろうと思い直した。ため息をついて言う。「じゃあ、さっさと片づけましょう」

18

ヤンナ・マグヌッセンが再びセスナを急旋回させた。

「ストックホルム群島には建物が五万くらいあるのに、ここにはひとつも見えないわ」

「場所は合ってる」スラトンは言った。「間違いないんです」

ウサギの形をしたブレレンという島の先端にある半島の上空を、ふたりはかれこれ三〇分もまわっていた。スラトンはまずクリスティンのメッセージに従ってストックホルムからの方位と距離を導きだし、そこから始めて徐々に外側へ範囲を広げて飛ぶようマグヌッセンに指示した。天気は味方してくれず、荒れた海が下方の視界を悪くしていた。少しでも運が悪ければクリスティンに気づかず、彼女の上を飛び去ってしまう可能性もあるだろう。スラトンはマグヌッセンに、ブレレン島の東の海岸線に沿って建物を探すように頼み、自分は本当の目標――おそらく西側の海岸沿いの、自然にできた港に停泊しているはずの小さなボート――を捜して目を凝らした。ヨットかクルーザーか、屋根のない小型モーターボートの可能性もある。手漕ぎのボートだとしたら、クリスティンのたくましさに驚くしかないが。

半島は緑の絨毯《じゅうたん》のところどころに土と岩が露出した場所がある。道路も電線もなく、人の住んでいる気配がまったく感じられない。セスナが雲の層をかすめながら東の海岸の一五〇メートル上空を飛んでいたとき、スラトンは白く光るものに気づいた。注意して見ていると、岸からわずか一〇〇メートル足らずの同じ場所が再び光り、雲の合間からつややかにきらめくものが見えた。もう一度雲がとぎれてくれることを願い、彼はできるだけ何気なく双眼鏡を海に向けた。願いは通じ、雲に隙間ができる。そのあいだから小さなヨットが姿をのぞかせた。スラトンはすばやく双眼鏡の焦点を合わせ、船尾に書かれた船名を読み取った。ブ、リ、ッ、ク、レ、イ、ヤ、ー。

モサドにいた頃、数えきれないほど何度もストレスのかかる状況に耐えてきた彼は、感情を制御する達人だ。だが、そんなことは関係なかった。ヨットの名前を目にしたとたん、心の奥底から感情が押し寄せてきた。スラトンは双眼鏡を半島の反対端に向け、位置を指示できる目印を捜しはじめた。

「見つけた！」彼はその一帯を指さした。「あの木立の中だ」

マグヌッセンの視線がスラトンの指を追い、一五〇メートル下の森へ向く。「何も見えないけど」

「この場所で間違いない。東の海岸近くに降ろしてもらえますか？」

マグヌッセンはそのあたりの海を見つめていたかと思うと、スラトンに視線を移した。「西が風下よ。そっちのほうが海は穏やかだわ」

スラトンは意を決した目で彼女を見た。

「わかった。どっちにしてもなんとかできるわ」マグヌッセンが言った。「でも、本当にここでいいの？」

「たしかです」

「いいわ、お金を払うのはあなただもの」彼女は飛行機を操り、数分後にはなめらかに着水した。ふたつのフロートが高速で進むカヌーの役割を果たす。飛行機はボートになった。「いったん着水したら、空を飛んでいるときほど思いどおりには動かせないの。海岸線に近いほうがいいなら、浜辺が延びていて接近できそうな場所が一箇所だけあるわ。そこへつけるとしても、あなたに手伝ってもらわなきゃならないけど」

スラトンはマグヌッセンの指示に従って外へ出ると、空転するプロペラに触れないよう気をつけながら右舷のフロートの中央に立った。岸までほぼ一〇メートルのところでマグヌッセンがエンジンを切る。スラトンは前方に進み、バックパックを片手に膝までの深さの海に飛び降りた。機体を押したり引いたりして、セスナの向きを海のほうへ反転させる。

開けたドアからマグヌッセンが呼びかけた。「忘れないで。天気に屈したくなければ、明日は午前中に飛ばなきゃならないの。一一時にここでいい？」

スラトンは親指を立てて了承の合図を送った。最後にもう一度セスナを押したところでマグヌッセンがエンジンをかけて推力をあげる。風を受け、小さな飛行機は波を越えて空へ飛びたっていった。

岸に向き直ったスラトンは、足が砂を踏んだとたん駆け足になった。岩や低木の茂みや倒木があちこちに点在する荒れ地だ。半島の東端から西端まで、平坦な土地なら六分で行ける距離だが、この調子では一五分かかるだろう。やがて西側の海岸が現れた。だがヨットの姿は見あたらなかった。クリスティンは新たな停泊地に移動してしまったのかもしれないと、恐ろしい考えが一瞬頭をよぎる。しかしさらに近づくと、白い船体が見えてきた。

次の瞬間、スラトンの目はクリスティンの姿をとらえた。

顔はほとんど判別できないものの、ほっそりした体つきや、背中がまっすぐ伸びた姿勢のよさは妻に間違いない。彼女は陸にあがったところだった。おそらく水上飛行機が見えたか、音が聞こえたのだろう。ヨットは岸の近くに係留されていた。船尾で錨をおろし、倒木にロープを結んで固定してある。クリスティンは岩場の上に立ち、空に目を向けていた。

スラトンは走りだした。藪《やぶ》を抜け、巨大な岩を跳び越える。物音に気づいた彼女がこちらを向き、やっとふたりの視線が合った。

だがクリスティンは動かない。

その場に立って、彼が来るのを待っている。スラトンはそれでもかまわなかった。ふたりのあいだには八〇〇〇キロの隔たりがあったのだ。あと数メートルくらい、どうということはない。ところがスラトンがさらに近づいても、クリスティンは両腕を広げなかった。スラトンは数歩手前で足を止めた。すっかり息を切らしながら、彼女の表情を読もうと試みる。そこには期待と苦悩、そして不安が浮かんでいた。ようやくクリスティンがかすかに頭を傾け、彼のほうへ身を乗りだした。両手を脇におろしたまま、スラトンの胸に倒れこんでくる。

スラトンはクリスティンを受け止めた。まるでひとつにまとまろうとする粘土のように、ふたりの体がからみあう。彼らはしばらくのあいだ無言で抱きあっていたが、やがて避けられないときが来た。彼女の抑えきれないすすり泣きがスラトンの胸に伝わってくる。彼はクリスティンに口づけた。最初は頭のてっぺんに、それから上を向かせた顔に。彼女に引っ張られ、ふたりは砂の上に膝をついて抱きしめあった。螺旋状《らせんじょう》に渦を巻きながら落下していく世界で、互いに固くしがみつきながら。

サンデションのＭＲＩ検査は、聖イェーラン病院の近くの検査センターで午前一一時から行われるはずだった。だが前の検査に遅れが出たらしく、いらいらしながら三〇分待たされたあげく、サンデションは若い検査技師に持ち物を奪われ、カタカタと音をたてる筒の中に突っこまれた。検査が終わると服を返された。結果は担当医のもとに送られ、そこから本人に知らされることになっているとまじめな顔で告げられる。

午前中が無駄になった。ネクタイを結ぶのに苦労したものの、なんとか着替えを終えたサンデションは、聖イェーラン病院まで二ブロック歩いてエルマンデル巡査部長の様子を見に行くことにした。最後に会った際にシェーベリから責められた中でも、仲間の警察官が応援を必要としていたときに援護できなかったことに、サンデションは何より強い衝撃を受けていた。病院が近づいたところで、エルマンデルがどこかの国の料理に夢中だったことを思いだし、テイクアウトの食事を買っていこうと考えつく。だが、具体的な料理名が出てこない。タイ料理だったか？　それとも中華？　どうしても思いだせないせいで、別の心配が忍び寄ってきた。これからもずっとこんな調子なのだろうか？　頭に浮かばないことがあるたびに、不安が募っていくのか？いや、そんなふうになるつもりはない。

病室を訪ねてみると、運よくエルマンデルはベッドで体を起こしていた。妻と息子に挟まれ、テイクアウトの容器に入ったスパゲッティに顔をうずめている。イタリア料理だったらしい。

「どうも、警部」エルマンデルが元気よく声をあげた。

「やあ、ラーシュ、具合はどうだ？」エルマンデルはきつく包帯を巻かれた脚を指した。「数日で立って走れるようになるそうです」

彼は息子と、今の状態ではサッカー場でどちらが速く走れるか、冗談を言いあいはじめた。親子でふざけあうその姿を見て、サンデションはエルマンデルの状態の正式な経過予想を聞くよりもずっと安心した。

「電話をもらったのに出られなくてすまなかった」サンデションは言った。

「いいんですよ、警部」ありがたいことに、エルマンデルは少しも気にしていない口調で言った。「ブリクスに聞いたんですが、上層部は今回の事件から警部を外したとか」

サンデションはうなずいた。

「副本部長は大きな間違いを犯したとしか思えませんよ。もちろんこれが初めてじゃありませんけどね」

ふたりは従属的な立場の者だけがわかる笑みを交わしたが、サンデションはほかにどんな噂が広まっているのだろうかと考えずにいられなかった。今頃は警察署中に、彼が進行性の認知症だと知れ渡っているに違いない。それから一〇分ほど仕事やスポーツの話をして、来週になったらブラック・アンド・ブラウンでビールを飲もうと約束した。

病室を出たサンデションは、病室に入ったときよりましな気分になっていた。エレベーターの近くまで来て、おそらくまだ昏睡状態である謎の患者の様子を調べようと思いつく。温情かそれとも単なるミスなのか、シェーベリにまだ取りあげられていなかった身分証明書をサンデションがナースステーションで提示すると、若い男性看護師が案内してくれた。

サンデションが集中治療室に行ってみると、女性看護師が点滴を調整していた。患者は相変わらず反応がなかったが、ずらりと並んだモニターから発せられる規則的な音で生きているとわかる。

「何か変化は？」サンデションはまた身分証明書を見せてきいた。

「ありません」看護師が答えた。「数日すれば、なんらかの決定が下されると思います」貫録のある看護師はサンデションと同じくらいの年齢に見えたが、この患者の置かれた状況を正しく把握しているとは思えなかった。

両手を腰に置いてベッドサイドに立ったサンデションは、頭の中で考えていたことを思わず声に出していた。「ひと言も話が聞けないとは残念だ」

「話を聞ける可能性はありましたよ」

「どういうことです？」

「ここへ到着したときには意識があったんです。つぶやいていたこともありました」

「つぶやいて？」サンデションはきき返した。

「何かを繰り返し言っていたんです。でも、私にはさっぱりわかりませんでした」

「その言葉を思いだせますか？」

看護師は肩をすくめた。「言葉自体ははっきりしていたんですが、スウェーデン語ではなかったので。英語でもありませんでした。私にわかるのはそのふたつだけです」彼女は聞こえたという言葉をまねてくれた。

サンデションはそれをメモに取った。「もう一度、できるだけ正確に言ってみてください」

看護師が繰り返し、サンデションはその言葉の音を聞こえるとおりに書き留めた。

「彼が運びこまれたとき、ほかに誰がいましたか？」

「医師のゴウルドが緊急治療室に。お話しになりたいなら、ちょうど今、勤務中だと思いますよ」

五分後、サンデションはゴウルド医師のもとを訪ねていた。シフトの終わりが近づいていた医師は、喜んで警察に協力してくれた。

「ええ」ゴウルドが言った。「彼が言ったことを聞きましたよ。あまり意味をなしていませんでしたが、ここではよくあることです。あの男性は重傷を負っていましたし」

サンデションは書き留めるつもりで再びメモを取りだした。「いずれにせよ、言ってみてください」

医師の発した言葉は看護師のものとよく似ていた。いくつかの子音がよりはっきりしているようだ。

「もう一度お願いします」サンデションは言った。

「スウェーデン語に直しましょうか？」

サンデションは困惑して顔をあげた。

「ヘブライ語ですよ」ゴウルドが説明する。「すぐにわかりました。〝銃剣をそのまま行かせろ〟と言っていたんです。どういう意味かは……判明するといいですね、警部」

19

スラトンはブリックレイヤー号と新たに名づけられた船でコーヒーを淹れはじめたクリスティンを見つめた。そのあいだ、置かれた現状についてどちらも話そうとはしなかった。クリスティンのしわひとつない顔はこわばり、いつもの穏やかな笑みは影を潜めている。何日も着ているに違いないしわだらけの服が疲労をいっそう際立たせていた。ストレスにさらされた状況がどういうものか熟知しているスラトンは、彼女のペースで話をさせるのが一番だとわかっていた。

クリスティンは収納棚の中を次々にのぞきながら天気の話題に軽く触れ、そのあとようやくここにたどり着くまでの短い旅路について語りだした。何ごともなく終わった航海を報告する程度の内容だが、それでも長い沈黙を挟んでとぎれがちだった。コーヒーを淹れ終えると、クリスティンは見つけてきたふたつの不ぞろいなマグカップに注ぎ、小さなテーブルのスラトンの向かいに腰かけた。

「私たち、これからどうするの？」

「まずは君の安全を確保する。これからもずっと安全でいられるように」

「どうやって？」いつになく感情のこもらない端的な質問だった。医師モードに切り替わったらしい。

「正確にはわからない。だが、必ずなんとかする」

「アントンは私を助けようとしてくれたの」

「わかってる。そこまでは見当がついた。彼はこのモサドのたくらみそのものをつぶしたかったんだ」

クリスティンがうなずく。「亡くなったんでしょう？」

「いや」

クリスティンが顔を輝かせた。スラトンを見あげた目に、初めて希望に近いものが浮かんでいる。

「アントンは生きてる。しかし、脊椎付近に弾丸が残っていて入院中だ。危険な状態だが、乗り越えられる見込みは充分ある」

クリスティンはいっとき口をつぐんだ。「私の話を聞きたいわよね？」

「君が落ち着いてからでいい」

「報告聴取……あなたの世界ではそう言うんでしょう？」

「クリスティン、頼むから――」

「いいえ、いいの」クリスティンがさえぎった。「全部しゃべるべきだわ。わかってる」

クリスティンはいつもと変わりない学会に始まり、ストックホルムからリガへの航路を経て、人けのない入り江に停泊していたヨットを盗むに至るまでの経緯を語った。またブロフから聞いたモサドによるイランでの暗殺計画の失敗と四人の死者が出たこと、そしてその中にはスラトンがよく知るヤニフ・ステインも含まれていることを告げた。自分が拉致されそうになった話をするときにはとりわけ力が入り、ブロフが撃たれた場面を思いだした際には声が震えたが、そのまま続けた。三人の男が関与していたこと、さらにその特徴を聞いたとき、スラトンはすべての男を見たと確信した――ひとりは遺体安置室の台の上で、あとのふたりはレネサンス・ティールームで。紛れもなく全員がモサドだった。そして紛れもなく全員が死んでいる。

今度はスラトンがこれまでの経緯を伝えた。ブロフがクリスティンの携帯電話を使って助けを求めるメッセージを送ってきたところから、マグヌッセン・エア・チャーターに行き着くまでが終わると、間を置いてそれぞれのマグカップにコーヒーを注ぎ足した。

「ふたり殺したの？」クリスティンが口を開いた。

「そのつもりはなかったが……そうなった」

「警官も撃ったのね」

「脚に一発。地面に突っ伏してもらわないと殺されそうだった」

クリスティンが引きつった顔で笑った。「ほかの誰かのせりふだったら絶対に信じないところよ。どうしてあなたの言うことはことごとく信用してしまうんだろう」

スラトンは答えなかった。

「モサドがたくらんでる暗殺だけど……どこで行われるの？」

「本気で知りたいのか？」

クリスティンがうなずく。

「ジュネーヴで。六日後だ」

クリスティンが黙りこんだので、スラトンは話題を変えようとキャビンを見まわした。

「このヨットはどこで手に入れたんだったかな」

「盗んだの」

「誰から？」

「わかるわけないじゃない」

スラトンは辛抱強く待った。

クリスティンが大きく息をついた。「港に近い私有の桟橋にあったの。上のほうの家に引っ越しのトラックが停まっていて、服とか本とか、キッチン用品の入った箱とかを運びだしていた。すてきな家に見えたわ。手入れが行き届いた感じで。冬に向けて南に、フランスかスペインのどこかにでも行くのかなと思った。もしそうだったら、ヨットはどこにも行かないでしょう。ひと月かそこらのうちに港の人が来て、乾いた保管場所に移動するまで、ただそこに停められているだけじゃない。だから引っ越し業者が出発したあと、暗くなるまで待ったの。鍵はついていなかったから簡単だった。係留ロープを二本ほどいたら、もう私のものだった」

「君の言うとおり、ヨットがなくなったことはすぐには気づかれないだろう。うまい手だった」

「いいえ、ダヴィッド。たしかにやり遂げたけど、うまい手なんかじゃなかった。重窃盗罪よ。この国でなんと言うのかは知らないけど。人のヨットを盗んだの。食べ物を勝手に食べて、燃料や備品を使ってる。こんなことをしてはいけないのよ。自分のヨットでこんなことをされたらどんな気がするか」

「その人が君と同じ状況でも？」

「だからって盗んでもいいわけじゃない」

スラトンは勝ち目のない議論をしていることに気づいた。クリスティンの声も普段とは違ってとげとげしい。彼女は医師だ。プレッシャーにはとりわけ強い。それにスラトンはクリスティンが以前、今回のような状況に対処する姿も見てきた。つまり、いつになく冷静さを失う理由が別にあるということだ。

クリスティンはマグカップを両手でつかみ、たっぷり時間を置いてから持ちあげた。

「これからどうするの、ダヴィッド？　モサドとスウェーデンの警察……私たちの生活をめちゃくちゃにしたい人たちから逃げまわっているわけにはいかないわ」

「いい方法を考えよう」

「それはあなたが考えて。私は何が起こってるのかさっぱりわからないんだもの。ただのまやかしで、全部くだらないゲームみたい。モサドは本気なの？　私を拉致したら、最後にもう一度だけあなたに暗殺を実行させられるなんて、わけがわからない」

「ヌーリンみたいな人間の考えが理解できれば、たぶんわかるんだろう。でも、わけがわからないというのは的を射てる。ここではもっとさまざまなことが起きているんだ」

スラトンはヌーリンの言葉を思いだした。〝最近起こったことについて考えてみるといい。すべての辻褄が合うだろう……今回だけ引き受けてくれ。それが最後になる〟考えれば考えるほど、何もかも複雑に思えてくる。スラトンはジュネーヴに向かうとヌーリンに伝えた。それしかクリスティンを見つけるすべがないと考えていたからだ。けれども今、クリスティンを見つけたものの、そんなのは薄っぺらな勝利にすぎないと思えてきた。たとえこれから数日間、彼女の身を守り、モサドの目をかいくぐれたとしても、次の週はどうなるのか。そしてその次は？

どれほど考えても、答えは見つからなかった。

公安警察も間抜けなやつばかりではない。

サンデションがそう納得したのは五年前にエリン・アルムグレンに出会ったときだ。特に腹立たしい捜査で、アルムグレンは殺人犯を追いつめるのを助け、同じ部署にいてもほかの警察官なら独占したかもしれない決定的な情報を流してくれた。それ以来、サンデションは彼女の恩に報いてきた。直近ではアルムグレンと公安警察が担当した国際的なマネーロンダリング組織に対する証拠固めにひと役買った。これが効果的な法の執行に不可欠な政府機関内協力というものだが、権力争いのせいで実際にはほとんどお目にかかれない。幸い、サンデションやアルムグレンのようなひと握りの中堅は結果を出すべく、型にはまった考えを捨てる方法を心得ている。

サンデションはアルムグレンとランチタイムにフライング・ホース・パブで落ちあう約束をした。ふたりで個人的に会うときの習慣に従って、誘ったサンデションがおごることになっていた。

「フライング・ホース特製チポトレバーガーにするか？」サンデションは尋ねた。

「この街一番のハンバーガーだもの。それに一番高いし」アルムグレンはブロンドにブルーの目をした外見もなかなかの女性だ。額に刻まれたしわは二〇年にわたる捜査と遅い時間の会議など、それに君主と国家を守ってきた証しだ。「気を悪くしないでほしいんだけど、顔色が悪いわよ、アルネ」

「なかなか眠れないんだ」

「もっとセックスしなさいよ」

サンデションは口元を緩めた。アルムグレンに言わせれば、サンデションの生活に欠けているあらゆるものの原因はそこにある。イングリッドと離婚寸前のときにそう言われ、そのあと惨めに落ちこんでいるときも同じことを言われた。さらに少々信じがたいが、関節炎で膝の調子が悪いときの助言もこれだった。アルムグレンは同性愛者で長くつきあっている女性がいるので、ひそかにサンデションを誘っているとか深い意味があるというわけではない。そしてこの言葉と同じく、彼女の助言はおみくじ入りクッキーの中身と同じくらい重みがある。

「努力はしてる」サンデションは答えた。

「いいえ、してないわ。あなたは感情を抑えこんでる。いつもそう」

ウエイトレスが一リットル分のビールを運んできた。細身の体にタトゥーを入れた二〇歳にもなっていないような子どもだ。立ち去る彼女の尻にサンデションはあえていやらしい視線を送った。

「何をやってるのよ」アルムグレンはそう言ってビールに手を伸ばした。「今回の二件の銃撃事件から外されたんですってね」

「そうなんだ。シェーベリは俺の頭がどうかしたと思いこんでる」

「頭がどうかしたですって？　あなたはずっとその調子じゃない。なのに今頃、気づいたの？　あなたの上司も未熟者ね」

サンデションは答える代わりに喉を鳴らしてビールを飲んだ。

「それで、私にどうしてほしいの？」アルムグレンがきいた。

「俺たちが捜している男はイスラエル人だと思う」

「イスラエル人？　どうしてそう言えるの？」

「昏睡状態で病院にいる被害者だが、緊急治療室に運ばれてきた当初は意識があった。ヘブライ語でつぶやいたのを病院のスタッフが聞いている」

「ヘブライ語？　たしかなの？」

「ああ」

アルムグレンはしばらく考えていた。「ユダヤ人はスウェーデンにもいるのよ、アルネ」

サンデションはつらそうに見返した。

「もしかして、リレハンメルの件？」アルムグレンがためらいがちに尋ねた。

「そう考えると、すべての見方が違ってくるだろう？」

それはふたりがそれぞれの訓練校に入るずっと前に起きた事件で、スカンジナビアの法執行機関では語り草となっていた。一九七三年の夏、イスラエルはアリー・ハサン・サラーマを追っていた。前年のミュンヘンオリンピック事件に関わった組織のリーダーだ。サラーマを見つけたと思ったイスラエルは彼を暗殺するべく、ノルウェーのリレハンメルにモサドの一団を送りこんだ。しかし誤って、妊娠中の妻と映画館から帰宅途中だった無実のモロッコ人ウエイターを殺してしまった。翌日、暗殺部隊の二名が逮捕され、ほどなくメンバー全員が拘留されて裁判にかけられることとなった。モサドにとっては暗黒の日々であり、ヨーロッパで活動しようというイスラエルのずうずうしい思惑が暴露されて大混乱となった。

「あれから何年も経ってるのよ」アルムグレンが言った。「たぶんテルアヴィヴの新しい統治者たちはまだ若いから覚えてもいないでしょう」

「そうでなければ、イスラエルが必死なのかもしれない」

「どんなふうに？」

サンデションは首を振った。「わからない。それを解明しようとしてる」

「イスラエルは追跡中の過激派のリストを常に持っているでしょう。イスラム原理主義組織のハマスとか、イスラム教シーア派組織のヒズボラとか。その中の誰かが姿を現したのかも」

「いや、そうじゃない」

「どうしてわかるの？」

「最初の銃撃だ。目撃者は口をそろえて、ひとり対三人だったと言っている。今、病院にいる男はひとりのほうだ。彼が相手のひとりを射殺し、残るふたりと路上で撃ち合いになった」

「そして、ひとりだったその人がヘブライ語を口にした。そこから推測すれば、イスラエルの敵の何者かがその人物を追ってここまで来た。病院にいるのはモサドの工作員か、イスラエルの将官か。あるいは政治家かもしれない」

ここでもサンデションは首を振った。「それも違うな。最初の銃撃戦で姿を消したふたりは昨日射殺された。今では四人全員の身元を証明する文書がそろってる。どれもかなり巧妙に偽造されていて……」サンデションは言いよどんだ。「どれもほとんど同じだ。同じところで作られているんだ」

アルムグレンはそれについて思案した。「言いたいことはわかるわ」

先ほどの若いウエイトレスが巨大なハンバーガーをのせた皿をテーブルに置いた。バンズの下からハラペーニョとペパロニがのぞいている。

「すごいな」サンデションは声をあげた。「見ているだけで胃酸が逆流してくる」

「胃酸の逆流なんて嘘よ。セックスが足りないだけ」アルムグレンが何層ものハンバーガーに嬉々としてかぶりついた。口いっぱいに頬張りながら言う。「昏睡状態の男だけど……なんらかの悪事に関わっていて、その人を消すためにほかの男たちが送りこまれたのかもしれない」

サンデションはアルムグレンの皿からフライドポテトをひとつかみ取った。「そうかもな。それにしても例の女がどう絡んでいるのかがさっぱりわからない。身元を調べても不審な点は出てこない。なのに、あのイスラエル人とカフェで少なくとも一〇分は話してる。ふたりとも緊張した様子だったが、知り合いに見えたと目撃者が証言している」

「ほかには？」

サンデションはしばらく考えた。「その男は今のところ意識がない。だが彼を診た医者はヘブライ語がわかるんだ。だから男が話してたのがヘブライ語という点は間違いない」

「医師は男がなんと言ったか覚えてるの？」

「ああ。〝銃剣をそのまま行かせろ〟と言ったらしい」

アルムグレンがハンバーガーを皿に戻してサンデションを見つめた。「銃剣？」

「ああ、ほぼ間違いない」

「つまり〝キドン〟ってわけ」

サンデションはアルムグレンと視線を合わせた。「君はヘブライ語を話せるのか?」

「いいえ。でも、モサドの言葉なら話せる。私の職場では誰でも話せるわ。イスラエルの諜報機関は大きな組織だけど、雇われているのは実直な人たちばかりよ。現地工作員、数カ国語を操る人、コミュニケーションの専門家とか。精鋭部隊もあって、ひと握りの人たちがキドンとして知られている」

「彼らの仕事は?」

「とても特殊な部隊に属しているわ。キドンはモサドの暗殺者なの」

サンデションはあっけに取られて向かいの席を見た。最初の銃撃、病院に収容された男、対する三人の男。その中に暗殺者がいたのか? そして二度目の銃撃戦を思い起こしたとき、雷に打たれたような衝撃が走った。

これまでと同じく、胸にすとんと落ちた疑いない直感だった。暗殺者は四人の中の誰かではない。もうひとりの生存者だ。ストランドホテルで会って長々と事情聴取をした相手。昨日、カフェで拳銃を盗んでふたりを殺すのに使った男。サンデションはその男が知らないはずの言語で書かれた表示を見ていた姿を思いだした。磨きこまれた鋼のように反射して、すべてをとらえつつなんの表情も映さないあのブルーグレーの目。見たいものは見ても、相手に悟られまいとする車中での身のこなし。すぐそこに、目の前にずっとあったにもかかわらず、サンデションには見えていなかった。

ちょうど太陽を見あげていながらその明るさに気づいていないようなものだ。

あの石積み職人。

エドマンド・デッドマーシュが暗殺者だ。

20

ブレレン島の上に広がる昼下がりの空は完全に雲に覆われ、鉄灰色のカーテンが雨の到来を告げていた。風はなく海は穏やかで、さざ波がかすかな音をたててヨットに打ち寄せている。スラトンはこうした景色を無意味に眺めていたわけではない。高緯度では天候が変わりやすく、気象の知識はこれから実行する計画には不可欠だった。寒冷前線が来るのは明日だとヤンナ・マグヌッセンは言っていたが、早まっているのではないかとスラトンは思った。明朝の出発は遅れるだろうか。最悪の天候を望む気持ちも多少あった。荒波が一週間続けば、クリスティンともども毛布のようにすっぽりと隠してくれるかもしれない。しかし、ほかの道をも覆ってしまうほど恐ろしい嵐がスラトンの胸に形作られつつあった。

ふたりで海図を見直しているときに、スラトンは切りだしにくい話題を口にした。

「手を貸してほしい。君の専門分野で」

クリスティンは興味を引かれた顔になったが、スラトンがシャツを脱いで二の腕の傷口をさらすと険しい表情を浮かべた。

「撃たれた傷じゃない」スラトンは説明した。

「ほっとさせられるせりふね。でも、それは見ればわかる。ボストンの大病院で緊急治療室の交替勤務も経験したのよ」クリスティンは何でできた傷か追及しようとはせず、傷を負った理由もきかなかった。「困ったことに、このヨットには応急処置用の備えがあまりないの」

　スラトンは自分のバックパックからストックホルムで買ったものを取りだして渡した。

「あなたっていつも答えを用意してるのね」

　スラトンは腕を出した。「そんなわけないだろう」

　クリスティンがさっそく古い包帯を取り除き、できる範囲で傷口の消毒を始めた。普段なら陽気に軽口を叩くところだが、今は居心地が悪いほど黙々と処置している。スラトンにはそれが耐えられなかった。自身の厄介な問題のせいで、いつもの習慣がまたひとつ奪い去られた。

　包帯を巻き終えたとき、ようやく沈黙が破られた。

「ほかには？」クリスティンが体を引いた。

「歯ブラシはあるかな？」

　クリスティンがかぶりを振って暗い声で答えた。「生きるって大変なのよ、デッドマーシュ」

「それにちょっと腹が減ってる」

「昨日、町に買い出しに行ったの。残ったお金を使って、安くて高カロリーのものを買いこんできたわ。パスタ、米、卵、それから缶詰の野菜も」

「インスタントの箱入りライスは前にも料理に使っていたな。なかなかの腕前だった」

スラトンのからかいに、クリスティンはにこりともしなかった。またしてもスラトンの夫としてのレーダーが働き、何かがおかしいと察知した。まだ見えていない複雑な事情があるのだろうか。クリスティンが棚から鍋を出して、小さなガスコンロの火をつけた。スラトンは仕度をする彼女の姿を見守った。簡単な家事で平常を取り戻せることがある。それはスラトンが安全な家にいながら神経を逆撫でされる生活をしている際や、危険な張り込みで目を光らせているあいだに学んだことだ。大量の洗濯や皿洗いは、たやすく緊張を解く方法のひとつだ。クリスティンはそんなことにはまだ気づいていないだろう。そのうち気づくはずだ。彼女は学んでいる最中だ。

「食料はどれくらいもちそうだ？」スラトンは声をかけた。

「ふたり分としたら？　二、三日。減量したいなら一週間ってところね。そういう計画なの？　今回の暗殺計画が期限切れになって、ヌーリンが姿を現すのを待つつもり？」

「最初はそう思っていた」

クリスティンが動きを止めた。「でも今は違うのね」

「状況が変わった。ここにとどまるか、ヨットでほかの場所に移るか……それもうまくいかないだろう。モサドが俺たちを捜してる。もちろん警察も。ふたり殺して、警察官も撃ったんだ。その理由を法廷で話すのはごめんだ。モサドのほうはヌーリンの計画が今週中に無効になるのはたしかだが、来週か来月にあの長官がもっといい案を思いつかないとも限らない。ハメディがまた国外に出るかもしれないし、モサドがこれまでの二度よりも成功率の高い機会をイランで見つけるかもしれない」スラトンは確信を持って言った。「いや、それより数日潜んでいたところで何も解決しない。避けられない現実を先送りするだけだ」

「避けられない現実？　それってなんなの？」

スラトンは答えなかった。

暗さを増していく空から予想どおり雨粒が落ちてきて、ヨットのファイバーグラス製の外板を叩いた。クリスティンは階段をのぼり、小雨がキャビンに入らないよう上部の出入口を閉めた。それから備えつけのダイニングテーブルのスラトンの隣に腰をおろした。彼女の苦痛のにじむ表情に、スラトンはまたしても違和感を覚えた。

スラトンは彼女と目を合わせた。「どうしたんだ、クリスティン？」

長い沈黙のあと、クリスティンが口を開いた。「知っておいてほしいことがあるの」

「未来は明るいという話か？」

スラトンはやさしい笑顔を期待したが、笑みは返ってこなかった。

「昨日、町に行ったとき、食べ物以外に買ったものがあるのよ」クリスティンはポケットから小さなプラスチッグのスティックを取りだした。アイスキャンディの棒に似ていて、ブルーで片端に二色の筋が入っている。クリスティンがテーブルに置いたそのスティックを、スラトンはぽかんと眺めた。それが彼女の真剣なまなざしと結びついて初めて、目の前のものがなんなのかわかった。

「これは……つまり……」

クリスティンがうなずいた。「そうよ、ダヴィッド。子どもができたの」


同じ月曜の午後四時五分、サンデションはシェーベリのオフィスで待っていた。当の副本部長が各部調整会議とやらで手が離せないからだ。デッドマーシュに関する新事実を引っさげて会議に乗りこもうかと一瞬考えたが、結局やめた。現在、自分が置かれた立場を考えると、そんなことをしても思った方向に事は運ばないと判断したのだった。

部屋のどこかにある船舶用時計のベルが八回鳴った。署内で聞くとばかばかしいものだ。もちろん副本部長のオフィスにはそぐわない。サンデションは室内を見渡し、今回が初めてではないが、かつてこのオフィスを熱望していたことを認めた。もっと出世を第一に考えていたなら、ドアのプレートには自分の名前が掲げられていただろう。サンデションはデスクの後方にある二枚の写真に気づいた。若かりし頃のシェーベリがゴルフ場の第一打のスタート地点でずいぶん前に退官した長官と並び、ともにシャフトの長いクラブを自慢げに手にしている。もう一枚はシェーベリが市長から盾を受け取っている写真で、際立った業績を称《たた》えるなんらかの表彰のときのものだろう。サンデションはいつものように自問した。昇進パーティーにもっと顔を出すべきだったのか？　週末は慈善団体の募金集めに明け暮れるとか？　そうしたことは出世ゲームの暗黙のルールだ。そしてサンデションはそのルールに従わなかった。退職前に後悔する点がいくつか見つかるのは自然な話で、これも悔いのひとつであることは否定できない。けれども昇進できなかったとはいえ、男女を問わず日々ともに仕事をしてきた署員から敬意を得ているのはわかっていた。クングスホルム通り四三番地にいる警部や巡査部長や巡査が困難な事件に直面したなら、指揮を執ってほしいのは自分だろう。これには確信があった。

背後のドアがガタガタと音をたて、物思いにふけっていたサンデションが現実に立ち戻ったところにシェーベリが入ってきた。そのあとに女性が続いたが、その尊大な態度と黄色の識別章が国家警察の警察官だと告げていた。

「アルネ……」シェーベリは驚きを隠そうともしなかった。「ここで何をしている？」

「少々時間をいただきたい。重要なことがわかったんです」サンデションは女性がドアのところで躊躇する様子を見つめた。

当惑顔のシェーベリが彼女に声をかけた。「ちょっと外してもらえますか？」

女性は愛想笑いを浮かべ、ドアを開けたまま出ていった。

「アルネ、こっちは忙しいんだ。君たちも皆、わかっているだろう」

「今日、聖イェーラン病院の医者と話をしてきました」

「よかった。やっと行ったのか」

「いいえ、話をしたのはサムエルスではなく、緊急治療室の外科医です。彼によると、金曜に緊急治療室へ運ばれてきた患者は――」

「ちょっと待て」シェーベリが潜めた声でさえぎった。「この捜査で聖イェーラン病院に行ったのか？」

「はい」

「私の命令を忘れたのか？　それとも単に無視しているだけか？　君はこの件から外れているんだ！」

「しかし、例の男はイスラエル人なんです。間違いありません。これがどう関わってくるかおわかりでしょう？　われわれが追っている人物は——」

「もういい！　アルネ、君は傷病休暇中だ。どうすればわかってくれるんだ？　われわれだけで充分やっていける」

「そうでしょうか？　ではなぜこういったことを見逃したんです？」

シェーベリが声を張りあげた。「機能不全の刑事からの批判など聞く気はない。自分のことすら……」シェーベリがそこで言いよどみ、ふたりはにらみあった。

オフィスのドアが開いたままだったので、サンデションは部屋の外が静まり返っているのを感じた。電話の鳴る音も、キーボードを叩く音もしない。

シェーベリが言い含めるように確固たる口調で告げた。「今すぐこのオフィスから出ていけ。さもなければ身分証明書を返すんだな」

サンデションは考えるよりも先にポケットから身分証明書を取りだし、シェーベリの胸に投げつけた。そしてきびすを返して出ていった。

署内にいた大勢の警察官が、男女を問わずデスクのあいだで彫像のごとく立ちつくすか、身じろぎもせず椅子に張りついていた。警部も巡査部長も巡査も、そろってこれまで目にしたことのない表情でこちらを見ている。それは哀れみの表情だった。

スラトンは感情の渦にのまれた。喜び、希望、恐れ。すべてが大波となり、一瞬にして頭の中のいっさいをさらっていった。何をしたらいいのか、何を言えばいいのかもわからず、クリスティンを抱きしめた。同じように抱擁を返してほしかったが、それはなかった。クリスティンは涙のあふれる目でスラトンを押し戻した。

「こんな状況で私たち、これからどうするの？」クリスティンが声を荒らげた。「あなたは父親になるのよ、ダヴィッド。そのための計画もあるの？」

スラトンはあっけに取られて口を開いたが、言葉は出てこなかった。クリスティンの言うとおりだ。頭の中が真っ白になった。こんなときの緊急対応策はない。頼みの綱の準備も。生まれて初めて何もできないことに打ちのめされて、座ったまま首を振った。

「私はただこんなことを終わらせたいの」クリスティンが言った。「あなたが過去から逃げだそうと努力してきたのは知ってる。でも、うまくいかなかった。今では罠《わな》にはまって向こうの望むとおりに動いている。キドンが帰ってきたんだわ……そして私のダヴィッド・スラトンはいなくなってしまう」

「違う、クリスティン。俺はどこにも行かない」

「いいえ、行くわ。私にはわかるの」

スラトンは口をつぐんだ。

「いつになったらほかの人みたいに暮らせるの、ダヴィッド？　いったいいつ？」

長い沈黙のあと、スラトンは答えた。「今だ」

ようやくクリスティンが表情を和らげた。そしてスラトンが到着して初めて、再会前に最後に見せた顔――ヴァージニア州の家の玄関で、スーツケースを片手にこちらを見ていたときの顔――をした。行かなければならないけれど、離れたくないという顔だ。

「ごめんなさい」クリスティンが小声で言った。

「やめてくれ。君が謝る必要は何もない」

「こんなふうにあなたを愛していなければ……」

スラトンはクリスティンに身を寄せて唇を重ねた。

最初はためらいがちだったクリスティンの反応がしだいに熱を帯びてくる。スラトンは唇を強く押しあててキスを深めた。絶望が安堵となり、安堵が慰めをもたらした。そしてやっと慣れ親しんだ期待が取って代わった。抱きあったまま互いの体を探り、首筋にキスをして相手の髪に指を差し入れる。

離れていた数日間が何年にも思えた。積み重なった精神的な抑圧が高波にさらわれるように消え、ふたりはもつれながら寝棚に倒れこんだ。空のマグカップが足にあたって床に落ちる。両手が服の下に伸ばされ、靴が甲板に飛んだ。

そしてつかの間、敵意に満ちた外の世界は忘れ去られた。

21

ふたりは疲れ果てるまで無我夢中で愛しあい、それから調理室《ギャレー》に移動し、必要以上の食料を費やして別の欲求を存分に満たした。

そして同じことを繰り返した。

スラトンはあらゆる瞬間を、あらゆる感覚を、死刑囚がこの世で最後の食事をとるように必死に貪《むさぼ》った。時間と食べ物と活力を最もすばらしい方法で無駄にして、ふたりとも夜中にはすっかり満ち足りていた。どちらにとっても必要なことだった。そのあとクリスティンは底なしの眠りに落ちた。

暗殺者《キドン》は眠らなかった。

夜は深く、海は穏やかで、深みに錨をおろした小型ヨットは軽く揺れている。スラトンも肩の力を抜くべきだった。自分は望みどおりの場所にいる。外界から切り離され、妻は腕の中だ。眠るべきだが、この時間を無駄にしたくなかった。ふたりは一糸まとわぬ姿のままで手足を絡めていた。スラトンは規則正しい寝息を立てているクリスティンの腹部に手をあてた。赤ん坊の鼓動やお腹を蹴る感覚を求めるのはまだ早いとわかっている。けれどもふたりの子どもがここにいる。それは確信できた。赤ん坊を抱き、妻と子を守る自分の姿を想像してみた。ふたりとこれほど近くにいられる日々が今後来るのだろうか。

スラトンはクリスティンを起こすのが忍びなく、じっと横になっていた。このまま何も変えたくない。しかし体は動いていなくても、頭はフル回転していた。数えきれないほどのものが変わる可能性を秘めている。明日になればその数はもっと増えるだろう。かつて経験した任務とは違う、脅威や複雑な事情が。今夜明かされた事実によって困難の度合いはいや増した。それと同時に気づかされた。自分は断崖絶壁に立たされている。もはや引き返せない地点に。スラトンは自制心を失う寸前だった。己の能力には自信があった。そうでなければ生きてはいない。しかし完全無欠ではない。これまでも有能な人々に同じことが起こるのを目にしてきた。屈強な男たちに。自分の身にも起こる確率はどんどん高まっている。

霧に覆われたヨットの上でほとんど無音の状態で横たわりながら、かつていた世界から一年近く離れていたのだと気づかされた。自分がいないあいだに何が変わったのだろう。イスラエルは多少なりとも安全な場所になったのだろうか。そうは思えない。任務に就いていた頃とほとんど変わっていないはずだ。では、すべてはなんのためだったのか。ほかの誰かが自分の後任になり——ストランドヴェーゲン通りにいた男たちか?——またすぐに別の誰かが取って代わる。むなしさに打ちのめされそうだ。

暗い気持ちになったとき、肌を寄せあうクリスティンとその子宮に存在する子どもを守らなければならないと本能が告げていた。こんなことは初めてだ。そこで最も重要な疑問が浮かんでくる。どうすれば守れるんだ？

ひとつだけ方法が思い浮かんだが、これまでにないほど難しい。それでも考えれば考えるほど、それが唯一の道に思えた。

どうすればふたりを守れるのか。

彼女たちを行かせるしかない。


午前四時は特異な時間だ。唯一平穏な時間帯で、活動レベルが低くなった人々を見守りつつ地球はまわる。ナイトクラブは閉店し、パーティーも尻すぼみになっている。夜中に喧嘩をしていた者たちもたいていは決着をつけ、夫や妻の隣で満たされていびきをかいているか、ホテルの客室で横になっているか、愛人もしくは娼婦《しょうふ》と最後の仕上げを終えた頃だ。友人宅のソファに倒れこんでいる者もいれば、どうすることもできずに路地で寝そべっている輩《やから》もいる。不幸にも夜勤をする者にとっては、二四時間周期の生活リズムの底辺にいる時間で、あとひとつミルクポーションが欲しいがために充血した目でコーヒーメーカーの下の引き出しを探っている。逆に言えば、早起きでとりわけ勤勉な者にとっても、午前四時に起きるのは簡単ではない。目を覚ましている者もまだ家にいて、食事をとったり、着替えたり、必要な身支度をしたりするのに忙しい。

こうした理由から、午前四時にはひとつ確実に言えることがある。それは街の通りが最も静かな時間だということだ。そしてこうした理由から、世界中で秘密警察の部隊が最も盛んに活動する時間となる。

ファルザード・ベルーズは南テヘランのパレスティナ通り沿いにひっそりと停められた黒塗りの車の中にいた。視線の先にあるユダヤ教の会堂《シナゴーグ》は一見静まり返っているが、その印象は完全に誤りだ。目下、一〇名編成の部隊が中で執拗《しつよう》な尋問を行っている。国家安全保障の責任者は座席に身を預けたまま、あまり知られていない矛盾を嘆いていた。地球上で最も厳しい反ユダヤ主義の国であるイランが、実はイスラム諸国の中で一番ユダヤ人の人口が多い。イランにいるユダヤ人には確固たる憲法上の保護が認められており、書類上はイスラム教徒と平等だ。これについてももちろんベルーズは自分なりに解釈していた――紙は鋼や革に比べるとほとんど役に立たない。

ベルーズが時計に目を落とすと、部隊が建物の中に消えてから二〇分が経過していた。そろそろ自分が姿を見せる頃だ。ベルーズは車を降りて長めのコートのボタンを留めた。砂漠の夜気が冷たいせいではない。それから決然たる足取りで入口に向かった。凝った装飾が施された玄関で、自分よりも背が低いがコンクリートブロック並みにがっしりとした体格の男に迎えられた。

「どうだ？」ベルーズはきいた。

「ふたりいます。中で拘束しています」男が答えた。

たくましい軍曹に続いて中央の建物を抜け、聖櫃《せいひつ》と、七本枝の燭台を表したタイルのモザイクの前を過ぎると、ようやく門のある中庭に出た。ユダヤ人がふたり――ひとりはおそらく聖職者《ラビ》で、もうひとりはやや若くてユダヤ教徒の帽子をかぶっている――床に座らされていた。すでに無防備な状態であったかもしれないが、厚いコートを着た情報省の長官の登場は彼らの不安を静める助けにはならなかった。ベルーズは斧《おの》を担いだ農夫のごとく、頭上から見おろしながらふたりのそばを歩いた。

「私を知っているか？」ベルーズはきいた。

「はい」ふたりがほぼ同時に答えた。

「私がなぜここにいるかわかるか？」

ユダヤ人たちがためらいがちに顔を見あわせた。ベルーズは彼らが答えを知らないことを承知していた。少なくともはっきりとは知らないはずだ。実のところ、部下たちさえ知らない。先月から大至急シナゴーグを調べるよう部下たちに命じてきた。いきなり押し入って、書類やファイルやコンピュータを没収するのだ。一見して段取りもなく、目当てが何かもわからないまま押し入る無謀の極みだった。部下たちに喜ばれるのは不動産の権利書、建物の設計図、男子の成人式《バル・ミツヴァー》の記録、そしてＵＳＢメモリ。人気がないのは礼拝の予定表、ごみ収集の張り紙、祈禱書《きとうしょ》の請求書だ。最終的には、聖なる活動の番人たちは床を掃き、後始末をして沈黙を守り続けた。苦情が再三提出されても、当然ながら徹底して取りあわれなかったが、誰も驚かなかった。

事をはっきりさせておくため、ベルーズは決まり文句を口にした。「私がここにいるのはユダヤ人の暗殺者がわが国に潜伏しているからだ。やつらの勝ち目のない試みが失敗に終わろうとも、同じことを繰り返そうとするのではないか、神聖なるわが国の内通者に支援を受けているのではないかと考えざるをえない。そういった背信行為に気づいた者はいないか？」

どちらのユダヤ人からも反応はなかった。ベルーズは内心で喜んだ。誰にとってもものごとは単純なほうがいい。先週は手のかかるラビがいたが、そんな態度に出ても得をするのは歯列矯正の歯科医だけだ。それ以上言うべきことはないと判断し、ベルーズがその場を離れようとしたとき、痩せ細った犬が中庭に入ってきた。犬はふたりのユダヤ人に向かってまっすぐ進んできたものの、主人を見分ける前にずんぐりとした軍曹が駆け寄って頑丈なブーツで蹴りつけた。

野良犬が甲高い声をあげると、ラビが縮こまっている犬に手を伸ばした。

「じっとしていろ！」軍曹がラビに向かって怒鳴った。

犬はもともとそうだったのかどうかは不明だが、足を引きずりながら逃げていった。

ベルーズは男たちに近づいた。顔には険しい表情が新たに刻まれている。ベルーズが片手を出すと、軍曹がベルトから太い警棒を抜いて手渡した。ベルーズはその警棒で手のひらを一度叩いてから、いきなり体の向きを変え、手首を返して軍曹の頭を打ちつけた。

軍曹は見た目のとおり、コンクリートブロックのように倒れた。しばらく身じろぎもしなかったが、そのうちぎこちなく体を揺らしはじめた。ほかのふたりの部下は遠くから見ていたものの、どちらも動かず、明らかに反応に困っていた。

「われわれはけだものではない」ベルーズはつぶやいた。

一〇分後には、皆がセダンに戻っていた。いまだにふらついている軍曹は、後部座席でベルーズの隣に座っている。側頭部をさすりながら、なぜ殴られたのかわからないという表情をしている。

ベルーズはひと言だけ発した。「全部持ってきたか?」

答えは前の座席から返ってきた。大量の書類やファイルを膝にのせている。「はい、何日も忙しくなるくらいに」

ベルーズはうなずきながら、彼らにそれほどの時間があるのだろうかと心の中で自問した。いまだに握っていた警棒をずんぐりとした軍曹の膝にのせ、運転手に声をかけた。「よし、本部だ……急げ！」

スラトンは日の出とともに目を覚ました。この緯度では光はほとんど望めないが、時間とともに東の空がゆっくりと明るくなってくる。動きたくなかったものの、時計を見てハンマーに打たれたように現実に引き戻された。九時一五分。二時間もしないうちに、ヤンナ・マグヌッセンの水上飛行機がこの入り江近くにおりてくる。

スラトンは起きあがって舷窓から外を見た。天気は持ちこたえており、雲は高くて視界もいい。喜ぶべきか落胆すべきかはわからなかった。朝食作りを始めながら、何が母体にいいのだろうと考えた。クリスティンは食べなければならない。彼女自身の健康のために、子どものために。それから一番重要なことだが、日常の感覚を体にしみこませるために。

朝食をガスコンロにのせると、ゆっくりと身じろぎするクリスティンを横目に、狭いキャビンを見まわした。食器棚と仕切られた小物入れを調べていく。捜し物は左舷のキッチン用品の引き出しから見つかった。奥のほうに油布にくるんでしまわれていた三八口径のリボルバーだ。昨日、違う引き出しに弾丸がひとつ入っていたので、船内に銃があるのはわかっていた。自分が持っている二二口径よりもましなものが欲しかったが、見つけた銃を調べてがっかりした。苦労してシリンダーをこじ開けたのに弾丸が入っておらず、点火装置を動かそうにもずいぶん前から焼きついているらしい。銃は錆《さび》で覆われていて、おそらく一〇年、もしくは二〇年は使われていないのだろう。充分に手入れをしても頼りになりそうにない。そんな状態の銃なら、ないほうがましだ。気持ちを乱され、決定的な瞬間に頼りたくなるかもしれない。

その銃を海に捨てようと階段を上までのぼったとき、背後から声をかけられた。

「何をしてるの？」

スラトンは振り向いた。

クリスティンが見あげていた。寝乱れた髪にぼんやりとした目をしていても、これまでにないほど美しかった。スラトンは階段をおりてキャビンに入り、銃を見せた。

「海を汚染しようとしてるところだ……重金属を放りこんで。前科が増えるな」

クリスティンが銃を見て眉をひそめる。「そんなのどこかへやって」

スラトンは言われたとおりにした。昇降口からきれいに外に飛んでいき、最後にしぶきがあがる音がはっきり聞こえた。クリスティンが近くに来たのでスラトンが抱きしめようと踏みだすと、彼女はきびすを返してヨットの先端のほうへ走っていき、後ろ手に勢いよくドアを閉めた。嘔吐《おうと》する音が聞こえる。

スラトンはドアの前で待っていて、出てきたクリスティンに今度は腕をまわすことができた。彼女の体は力が入ってこわばっている。

「どうしてほしい？」

「そのうち治まるわ」クリスティンが言った。「頑張って何か食べないと」

一〇分後、スラトンはテーブルにスクランブルエッグとトーストをのせた皿と、隣にポット入りのコーヒーを置いた。ほとんどをクリスティンのほうに盛り、彼女が皿の真ん中で意味もなくフォークをまわす様子を見守った。

「昨日、選択肢について話したな。これからどうするか」

「ええ、それで？」

「少し考えてみた。ひとつ方法があるかもしれない。そもそもここにじっと座ってるわけにはいかない。遅かれ早かれ見つかってしまう」

クリスティンが視線を落とした。「わかってる」

「すべてがうまくいくかもしれない方法がある。だが、そのためにはジュネーヴに行かなければならない」

クリスティンがはじかれたように目をあげた。「ジュネーヴ？」

スラトンはひるんだ。「俺が行って、それに取りかかれば……突破口が、別の道が開けるかもしれない。そのためにはジュネーヴで始めなければならないんだ。うまくやるには君の助けがいる」

「私の助けって」クリスティンが不安げに首をかしげた。「何をしてほしいの？」

スラトンは計画の基本的な部分をかいつまんで説明した。目覚めたあとに妻を腕に抱きながら、静寂な時間に詰めた詳細だった。「おそらく筋書どおりにはいかないだろう。できることをして、修正してくれればいい。どれも危険なことじゃない。でも何か少しでも気にかかることがあったら警察に行くんだ」

「スウェーデンでは夫に不利な証言をした妻は保護されるの？」

「おそらく。しかし保護されるかどうかは問題じゃない。とにかく警察に行って事実を話せ。でも、ひとつだけ言わないでほしいことがある……俺がどこに向かったかは知らないと答えてくれ。ほかは君に任せる。協力しなければ告訴してやると脅してくるだろうが、そんなのははったりだ。君がやった最も悪い行為はこのヨットを使ったことだが、正当な理由があったんだから」

「元気づけられる言葉ね」クリスティンが視線を合わせた。「でも、あなたが何をするつもりなのか話してくれてないわ」

「知らないほうがいいだろう」

「自分でもわかってないんでしょう」

「正確には」

クリスティンが口をつぐんで今の話を検討した。「わかった。もう一度あなたを信用するわ、ダヴィッド。でも代わりにひとつだけ約束して。今回の暗殺はやめて。

もっといい方法を見つけるために行動するだけだと言って」

「そんな単純な話じゃ――」

「いいえ！　そんな単純な話よ……誰も殺さないで！」

スラトンは大きく息を吐きだした。「約束できるのはひとつだけだ。君の身を守るためならなんでもする。俺が招いたこの混乱から、君と子どもを救いだす」

クリスティンはしばらくスラトンを見つめてから、黙って背を向けた。


夫婦で過ごす最後の時間は気まずく流れていった。スラトンがスパイに必要なノウハウの集中講義を行ったからだ。一緒に過ごせるわずかな時間を使って、妊娠したばかりの妻に捜査の手を逃れる方法を伝授すること自体が、覆されたふたりの結婚生活の悲しい状況を映しだしていた。クリスティンは身を硬くして、ほとんど質問もせずに聞いていた。

「滞在場所が必要だが、ストックホルムに誰か信用できる人物はいるか？」スラトンが尋ねた。

「ウルリカ・トシュテンがいるわ。医師で、研修医時代の友だちよ。ストックホルムに着いた最初の晩にも一緒に食事をしたの」

「ふたりだけで？」

「ええ」

「君たちが会ったことを知ってるのは誰だ？」

「彼女の夫じゃないかしら」

「ほかには？」

クリスティンがいらだたしげに険しい目を向けた。「ウエイター」

「わかったよ。友人の家はどこにある？」

「東のほうだと思うけど、たしか……」クリスティンが口ごもった。「思いだせない。でも、ダヴィッド、彼女だって警察が私を捜しているのは知ってるはずよ。私っていわゆる重要参考人じゃないの？」

「君はストランドヴェーゲン通りで起きた事件の目撃者だった。でもそっちの捜査は二の次になってるはずだ。ブロフは病院にいるし、ほかの容疑者たちは……」スラトンは言葉を切った。

「死んだから？」クリスティンがあとを継いだ。

「警察は君を尋問したがるだろう。だが、君に対して集中的な捜索は行われていない。やつらが追ってるのは俺だ」

「ウルリカを巻きこみたくないわ、ダヴィッド。彼女は結婚してる。子どもだっているし」

スラトンは時間を確認した。「さあ、俺はそろそろ行かなければならない。何か質問は？」

クリスティンは不機嫌そうに腕を組んだが、とうとう折れた。「警察が話を聞きたがっている理由をうまくごまかせたら……たぶん大丈夫」

「クリスティン、君が誰かを危険にさらすことはない。ひと晩かふた晩過ごす場所が必要なだけだ。その友人は泊めてくれそうか？」

スラトンは妻からの強い視線を受け止めた。

「君も同じだ」

クリスティンが神経質そうに笑った。

スラトンはまじめな顔をした。

「いいえ、質問はないわ」

スラトンが引き寄せるとクリスティンは抱きついてきた。スラトンはクリスティンの体の曲線を、両肩に食いこむ彼女の手を感じた。胸に顔をうずめるクリスティンの慣れ親しんだ香りを吸いこむ。スラトンは互いの絶望とうっすらと漂う疑念を感じた。ふたりともこんな瞬間が今度いつ訪れるのかわからなかった。そもそもこんな瞬間が再び訪れることがあるのかどうかも。そのとき、クリスティンが唐突にあとずさりした。

彼女は尖った声で言った。「言われたとおりにするわ。嘘だってつくし、盗みもする。あなたを愛してるから。ほかに方法がないから。でも、ひとつだけ覚えておいて、ダヴィッド・スラトン。祖国のためにあなたがしたことは全部、過去に置いて批判はしない。でも私のためだとか、ふたりの子どものためだとか理由をつけて悪に手を染めるのは許さない」

スラトンはうなずいた。

「ジュネーヴでその人を殺すなら……二度と戻ってこないで」

22

エヴィータ・レヴィーンはネグリジェの前を留めずに化粧鏡の正面に立った。目に映る姿に不満はない。四〇歳を迎える瀬戸際にあっても、ずば抜けた魅力をとどめている。端整な顔には一本のしわもなく、オリーブ色の瞳はこれまで以上に輝いている。かつてはしなやかで細かった体は最近丸みを帯びてきたが、それにもうまく順応して、新たに手に入れた曲線を見事に長所として活かしている。その効果を確認するためか、最近歩道で投げかけられる視線やぶしつけな笑みを数えはじめた。けれどももしエヴィータが経験から学ぶタイプだったら、自分の得票と比較する基準値がそもそも存在しないことがあらかじめわかったはずだ。また、分析したことで思いがけない事実が明らかになった――このところ自分に目を向けるようになった男たちはずっと成熟しているということだ。これをエヴィータはプラスにとらえた。上質なワインが通人の口に合うように、エヴィータは年齢を重ねるにつれて円熟味を増していった。

部屋の外の廊下で夫のものに違いない足を引きずる音がして、エヴィータはネグリジェの前をかきあわせた。耳慣れたきしんだ音をたてて裏口のドアが開き、真昼のテルアヴィヴを行き交う車の音に紛れて、夫がキッチンのごみを外の収集庫に入れる騒々しい音がした。このひと月で最もやる気を見せた行動だ。

エヴィータはクローゼットに近づき、数ある選択肢に長い人差し指を走らせた。新しいそろいの黒の下着があるが、ストッキングとヒールのある靴を履くことになる。それとももっと無垢《むく》なアプローチで、白いスリップの上にベージュのサテンのドレスを着て、履き古したテニスシューズの爪先部分に隠してある新品の真珠をつけてもいい。しかし相手の望みがわかっているので、ため息をついて黒のストッキングに手を伸ばした。

昨日の電話でエヴィータは行動を開始した。今回のような期待で息が詰まるほどの経験をする機会はずいぶん昔――正確には三年前にもあった。エヴィータは一八歳で結婚した。年老いた仲人にゆだねられ、ラビが承認し、皆から勧められた結婚だった。夫は一六歳年上で、新婚当初は裕福で体も引きしまっており、比較的やさしかった。ところが輸出銀行での職を失ったとたん、すべてが変わった。飲酒が始まって次に不愛想になり、そのあと不満の矛先は妻に向かい、やがて無関心になった。しばらくはエヴィータも歩み寄って夫婦の関係を修復しようとしたが、それに対して夫はさらに酒を飲み、不機嫌になって精神を病むほどになった。最近では夫婦のあいだでよかったことと言えばふたつしか思い浮かばない。子どもを作らなかったことと、夫が愛人を作らなかったことだ。愛人に関して言えば、理由は単に何年も、男として機能しないからだ。色とりどりの錠剤をのんでもだめだった。エヴィータはますます落胆した。逃げ場のない惨めな人生を送らざるをえないのだと感じていた。ところが、すばらしい日が訪れた。救済を見つけたのだ。彼の名はサウドといった。

最初に会ったのはアシュドッド美術館で、若くして有望な芸術家のお披露目会だった。サウドはこれまで見たこともないほど美しい男性だった。彫刻作品を作っていたが、その分野は彼にとって不利ではないかとエヴィータは思った。制作者のはっきりとした目鼻立ちによって、その手で生みだすどんな作品も色あせてしまうからだ。サウドの作品は、少なくともエヴィータが知る限りすばらしいものだった。評論家は彼の秘められた才能を絶賛した。けれどもジャバリアから来たパレスティナ人の若者にとって、才能が秘められているのでは意味がない。サウドは自身に対する評価に一喜一憂することはなかった。来る日も来る日もその力強い手は石を削り、なめらかにした。鋭いブラウンの目はダ・ヴィンチやミケランジェロにも劣らない厳しさで作品の価値を見定めた。そしてその鋭い目は同様にエヴィータをとらえた。彼女の体に堂々と芸術品を吟味するかのごとく視線を走らせた。サウドはそんなふうにして、エヴィータを最高傑作であるかのような気にさせた。

最初の日は会場でおしゃべりして、そのあとコーヒーを飲みに行った。二日後のランチは三時間に及び、臆面もなく長居した。翌週、エヴィータはヌードモデルになることを提案した。そのプロジェクトは二度実施されたが、予想どおり、必要最小限の時間しか割かれなかった。そしてとりわけ情熱的なポーズの最中に作品は台座から叩き落とされ、破壊された。出会ってからの半年と二日のあいだ、エヴィータ・レヴィーンはこれまでにないほど幸せだった。エヴィータとサウドは既婚のイスラエル人女性と貧しいパレスティナ人の彫刻家が思いつく限りにおいて最高の計画を立てた。希望に満ちたひとときには離婚と芸術的な発見に胸を膨らませ、それ以外のときは屋根裏のアパートメントでの絶望的な密会を計画した。

そしてあの空爆が襲った。

もしあのアトリエがハマスの隠れ家と隣接しているとサウドが知っていたら、決して借りなかっただろう。爆弾は狙いどおりに落下した。けれども信管の取りつけが誤っていて――あとからエヴィータはそう聞かされた――ひとつ壁を余計に貫通し、サウドのキッチンを吹き飛ばした。エヴィータはそこでふたりが愛を育んで半年目となる記念のディナーを用意している最中だった。

エヴィータは打ちひしがれた。それまで政治に関心を持ったことなどなかったが、イスラエルがサウドはテロリストであり、よって正当な標的だったと主張したとき、エヴィータの祖国に対して残っていた親しみの情が消えた。彼女はイスラエルを呪った。一カ月間、泣き続けた。間抜けな夫ですら、何かがおかしいと気づいた。夫は自分にできることをした。一度ならず自宅のバーカウンターからもうひとつタンブラーを出してきて、どんな痛みも和らげてくれるからとウイスキーを勧めた。妻の不幸の根源をおおよそ知っているのではないかとエヴィータは思ったが、もし夫が怒りや哀れみを覚えていたとしても、彼の自暴自棄な気質の中にその存在を感じたことはなかった。

そんなとき、エヴィータの人生に新たな男が現れた。男はラフィと名乗り、ネタニヤ出身だと言ったが、エヴィータはシリア人ではないかと思った。ヒズボラの者かもしれない。エヴィータにとってはどうでもよかった。彼女はアラブの少年たちが、サウドと同じようにやさしい芸術家や学者が、イスラエルの戦争とは無関係にもかかわらず、投獄されたり、撃たれたり、行方不明になったりしているという話に耳を傾けた。惨めな結婚生活を送り、愛する人を失った女にとって、そこから先はほんの小さな一歩だった。ラフィがその場で提案したことにより、エヴィータは行動に駆りたてられた。誰を助けることになるのかも聞かずに、エヴィータはイスラエルに害を与えたいと伝えた。できないことは何もないと言った。

それを試すため、ラフィはテストを課した。

夫が部屋に入ってきたときにはまだ、エヴィータは開け放したクローゼットの前にいた。彼女はラックから一番さえない部屋着を出し、鏡の前で体にあててみた。

「あなたはランチに出かけるんだと思ってたわ」エヴィータは言った。

「ああ、もうすぐな。若造たちなら待ってるさ」夫は一日のほとんどをともに過ごす、六〇人ほどいるアルコール依存症のおぞましい仲間をお気に入りの言葉で表現した。「おまえは？　どこかに行くのか？」

「あとで市場に行くかもしれない」エヴィータは答えた。

「煙草を買ってきてくれないか？」

夫が汚れたTシャツを脱ぎ、同じく汚れた洗濯物の山に放った。

エヴィータはバスルームに消えていく夫を見つめた。歯を磨いてくれることを願った。近くにいるので放尿の音が、それから少し間を置いて歯ブラシを動かす音が聞こえた。歯磨きが終わったらしく、口をすすいで騒々しく水を吐きだす音がしたとき、エヴィータはわれながら驚くふるまいをした。夫が部屋に戻ってきたことに気づかないふりをして、さえない部屋着を手にしたままネグリジェを床に落とした。脱いだコットンの服を足首のまわりに残したまま、胸をそらして体を軽く弓なりにした。夫が足を止めるのを感じて振り返る。

夫はそこにいた。その目はエヴィータのむきだしになった尻に向けられている。この人だってまだ男でしょう？　けれども夫の顔にはエヴィータの気に入らない表情が浮かんでいた。いらだち？　いや、怒りだ。

「思わせぶりなあばずれめ」夫がぼそりと言った。そして引き出しから洗ったシャツを取りだして部屋から出ていった。

エヴィータは長いあいだ身じろぎもせず立っていた。鏡の前にいたが、床を見つめたままだった。正面のドアが勢いよく閉まる音で放心状態からわれに返った。

その音を耳にして、エヴィータは仕度を始めた。

サンデションはよく眠れなかったので、三五年続けた仕事を辞めたばかりだという事実も救いにはならなかった。退職して迎えた最初の朝は九時過ぎまでベッドにとどまり、すっきりしないまま起きだして薬棚に直行した。イブプロフェンよりも強い薬はなく、数分後に軽くひと握り分を最初のコーヒーで一気に飲み下した。キッチンテーブルに重い腰をおろし、若干自分を哀れみながら今後のことを考えた。

行くところがどこもないのは大人になって初めてだ。退職はもちろんまだ正式なものではない。なんの書類も提出していないので、シェーベリのオフィスにうなだれながら顔を出し、事を丸く収めることもたしかにできる。そうすれば一、二週間、あの分別のない藪医者の誤解を正すあいだ自宅でおとなしくしていたら、内勤に異動になるだろう。メールの受信トレイは各部署とのやり取りであふれ、社会的許容に関する方針のマニュアルを新しくまとめたり、運がよければ署の緊急時行動計画の改訂版の叩き台を作ったりする権限を与えられるかもしれない。久しく忘れられていた人物やほかの部署の取り巻きにまつわる話を広めて、そのうち毎日少しだけ遅刻してくるようになる。都合のいい電話にだけ出る。そのあとはやりたい放題。

そうした暗い先行きについてあれこれ考えるのに耐えられず、サンデションは朝刊にざっと目を通した。くだんの捜査に関する記事は飛ばそうとあらゆる努力をしたが失敗に終わり、否応なしに警察が作成した容疑者デッドマーシュの似顔絵を目がとらえた。当然ながら、ストランドホテルでサンデションと一緒にいたブリクスとペーテシェン巡査の情報をもとに作成したものだ。その印象はいつものことながら微妙に違っていて、サンデションはさらなる苦痛にさいなまれた。誰よりも長くデッドマーシュと過ごしたのは自分だ。それなのに思考は混乱していて、意見を求められる価値などまるでない。サンデションは新聞をごみ箱に投げ入れた。

彼は大量の洗濯を行い、雑用を求めて一時間かけて家中をさまよったあげく、いくつか発見してもことごとく手をつけなかった。最終的にもといた場所に戻り、キッチンテーブルに座ってこめかみをさすった。痛みを和らげようと円を描くと、驚くほど効果があった。急に頭がさえたことで、逃げ場のない現実に打ちのめされた。

疑問の余地はない。本部に行かなければ。必要なのはもっともらしい口実だ。そして一番ふさわしい口実を見つけた。いよいよデスクを片づけるときが来た。

サンデションは一〇時四五分に警察署に着いた。彼の歩き方は署内では知られていて——脇目も振らずまっしぐら、あるいは〝軌間の狭いレールの上を疾走する短い列車のようだ〟と言われているのを聞いたこともある——入口で制止も受けず、受付に立つなじみの顔にうなずいてみせた。

三階ではシェーベリのオフィスを迂回した。廊下で何人かの同僚から挨拶を受けたが、必要以上に同情がこめられていた。すでに噂が蔓延《まんえん》しているのだろう。〝あのご老体が外されたわけを聞いたか？　ついに頭がどうかしちまったらしいぞ。自分の車のキーのありかもわからないとか。哀れだねえ〟しかしもっとひどいのは、こちらの存在に気づいていないやつらだ。デスクに半分腰かけながら、意見をぶつけあっている。かつて自分がしていたように。懐かしいありふれた気晴らしだが、二度と加わることはない。サンデションが陰鬱に考えていると、背後から目当ての人物が中央の廊下を歩いてきた。

「おはようございます、警部」ブリクスが挨拶してきた。

サンデションは振り向いた。署内で力になろうとしてくれる人間がいるとしたら、それは情報通のわが代理グンナル・ブリクスだ。

「やあ、グンナル。ちょっと時間はあるか？」

「もちろんです」

サンデションはブリクスを空いている会議室へ連れこんでドアを閉めた。「昨日、俺がシェーベリとやりあったのは聞いただろう？」

ブリクスがにやりとした。「その場で見てみたかったですよ」

「さしあたって俺は、ここでは間違いなく鼻つまみ者だ。家に帰って署には顔を出すなと言われてる。正直言って、それもいいかと思いはじめているところだ」

「警部が？　家でぼうっとするですって？　冗談でしょう」

「だが医者は進行中の症状に、頭の体操は持ってこいだと言っていた」

「この事件の捜査をご自分で進めようってことですね」

「ひとつやふたつ、質問してまわるかもしれない。心の病を回復させるためという名目で」

「それには署内に情報通の誰かがいると助けになるというわけですか」

サンデションは部下を見つめた。「前からおまえには何か特別なものがあると思っていたんだ」

「お安いご用です。私にできるのはそれくらいですから。いつでも携帯電話にかけてください。でも、慎重に動かないといけませんね」

「よし。今日は新しい情報はあるのか？」

「デッドマーシュについてはまったく進展がありません。公安警察はＦＢＩにさらなる情報を求めて知人や家族の線をあたっていて、知人に関しては数名見つけました。近所の住人と直近の雇用主です。ですが家族は見つかっていません。正式な記録がまるでないんです。やつの運転免許証もパスポートも存在していなかったかのようです。クリスティン・パーマーと共同名義の銀行口座を持っていましたが、金は最近引きだされています。しかし信用報告書に金銭問題があったとの記載はありません。数カ月前に夫婦でローンを組んで小さな家を購入しています。デッドマーシュについては通常の方法で捜査して、検索エンジンやＳＮＳも確認しました。どこにも手がかりはありません。男はほかの一〇〇万人の観光客と同じように数日前にスウェーデンに入国して、跡形もなく消えたんです」

「不思議はないな」

「どうしてですか？」

「それは――」

若い女性警察官が脇にファイルの束を抱えて勢いよく入ってきた。「あっ……失礼しました。使用中だと気づきませんでした」

「いいんだ、ちょうど出るところだった」サンデションはそう言ってブリクスと退室し、廊下に出たところで小声になった。「シェーベリは俺が何を言っても聞く耳を持たない。だが切れ者の捜査官が聖イェーラン病院に行って医師のゴウルドと話をすれば、有益な情報が得られるかもしれない。現在意識不明の例の男だが、病院に着いたときに異国の言葉を口走ったらしい」

「切れ者の捜査官ですか？　このあたりでどこを探せばそんな人材を見つけられるのかわかりませんね。まあ、目は光らせておきますが」

サンデションは口元を緩めた。「ああ、頼んだぞ」

ブリクスと別れたサンデションはまっすぐ自席に向かった。途中でプリンターのそばに放置されていた空の段ボール箱を手に取った。デスクまで行くと、空箱を置いて荷物を詰めはじめた。最初に入れたのは額入りの写真で、少なくとも二〇年は前のイングリッドと娘との写真だ。三人ともばかみたいに笑いながら、スキー靴でスンネの地に立っている。一番下の引き出しからラベルも見ずにファイルを出して、真ん中の引き出しからは黴《かび》の生えたアドレス帳と、隅を折った一九九七年のカレンダーと、入っていることすら気づかなかったアラーム時計を取りだした。そして一番上の段に移り、奥に手を伸ばして目当てのものを見つけた。それを電池が切れて久しい旧式の計算機の下から引っ張りだす。

好感を誘う郷愁の漂う表情を引きしめ、箱を閉じて脇に抱えて、サンデションはエレベーターまでの道のりをまじめな顔でうなずきながら進んだ。

水上飛行機は一一時ちょうどに到着した。数分後、スラトンは冷たい海水にすねまで浸かり、飛行機の先端を海のほうに戻すため、両手で翼支柱を押していた。彼が助手席のドアを開けると、笑顔のヤンナ・マグヌッセンが迎えてくれた。

「おはよう！」

スラトンは機内に滑りこんだ。「おはようございます。時間どおりで助かりました」

「これ以上は出発を延ばせないと話したけど、あたったわ。海上に厚い雲の層があって、北から迫ってきてる。一時間もしないうちにあたり一面覆われるわ」ヤンナはいっときスラトンを見つめた。「あなただけみたいね」

「ええ。思っていたようには事が進まなくて」

マグヌッセンが黙りこんだ。おそらく話の続きを待っているのだろう。彼女はこの契約を何より楽しんでいるのではないかとスラトンは思った。通常扱う乗客はライフルやテントや血まみれの鹿肉を機内に積みこむハンターだろうから、恋愛関係のもつれは間違いなくそれより楽しめるはずだ。

マグヌッセンがようやく口を開いた。「ということは、観光はしないの？」

スラトンは燃料計に視線を投げた。約束どおり、満タンに近い状態にしてある。

「実はそれでも観光はするつもりです。さあ、ストックホルムの航空ツアーに出発しましょう」

「何も見えないわよ。北と西はほとんど切れ目なく雲の層に覆われているから」

「それでも飛んでほしいんです。その約束だったし、すでに半額払ってあるでしょう？」

マグヌッセンがあなたのお金だからというように肩をすくめたあと、スロットルのレバーを前方に押した。セスナは加速を始め、すぐに光の波へ、そして空へと上昇した。高度計の針が三〇〇メートル、さらに六〇〇メートルを指す。スラトンが北に視線を走らせると、厚い雲の層が黒みを増すバルト海上に低く広がっていくのが見えた。クリスティンはすでに錨をあげて、違う島を目指して北に向かっている。彼女には所持金のほとんどを渡し、もっと必要になったらどうすればいいか具体的な指示を与えた。妻に多くを求めすぎていると思ったが、そんな頼みごとも今回が最後になることを願った。

「短い旅よ、三〇キロだから」マグヌッセンが前方を指さした。「見てのとおり、雲が街をほとんど覆ってる」

実のところ、スラトンは見ていなかった。違う方角に目が釘付けだったからだ。ちょうど自分の右肩越しに、雲の絨毯の細い隙間から、小さなヨットがスピードをあげて北上しているのが見えた。船尾にブルーの塗料で描かれたばかりのはっきりとしたブロック体の文字さえ判別できる。スラトンは可能な限り目で追った。けれどもすぐにたなびく灰色の霧が厚くなって視界をさえぎり、ヨットは切れ切れにしか見えなくなった。

そしてついにクリスティンは霧の中に消えていった。

23

マグヌッセンが航空管制官と盛んに交信しながら、不慣れに違いない領域——交通量の多いストックホルムの航空路——に小型水上飛行機で突入した。視界は彼女が予想したとおりだった。見えるのは低空に広がるわずかな切れ目しかない鉛色の雲の上面と、高層ビル、都会の潜望鏡のごとく飛びでたいくつかの無線アンテナだけだ。変化に乏しい都市の景観でもスラトンは気にしなかった。観光に来たわけではない。

スラトンはバックパックからプリペイド式の携帯電話を三台取りだし、二台をポケットにしまい、三台目の電源を入れた。

「使ってもかまいませんか？」

マグヌッセンが笑った。「水上飛行機には影響を受ける機器はほとんどないわ。どうぞ電話をかけて。低空にいるほどつながりやすいはずよ」

携帯電話はすでに起動していて電波状態も良好なことが確認できた。スラトンはポケットから名刺を出し、アルネ・サンデション警部に電話をかけた。

サンデションは車のトランクを閉めながら、最後にもう一度メールを確認しておいたほうがいいと、ふと思った。シェーベリはパソコンの回収など忘れているだろう。警察署に足を踏み入れたちょうどそのとき、携帯電話が振動した。表示された番号は覚えがなかった。受けなければならない精密検査の件だろうと思い、しぶしぶ電話に出た。

「サンデションです」

電話の向こうからけたたましい騒音が聞こえてきた。「こんにちは、警部」

その声に即座にぴんときた。三日前にストランドホテルのロビーで初めて聞いた声だ。「今、どこにいる？」

「正直言って、すぐ近くですよ」

サンデションは廊下を進む足を速めて指令センターに向かった。

明らかにエドマンド・デッドマーシュという名前ではない男が言った。「あなたと話をしたほうがいいと思ったんです」

「かなり厄介なことになってると気づいたのか」

「あの警察官の具合は？」

「片脚を負傷したが、完治する見込みだ。ほかのふたりと違ってな」サンデションは足音も荒く指令センターに入って、担当警察官のデスクの正面で急停止した。携帯電話を左手に持ち替え、メモ帳に走り書きする。

「回復に向かってるとわかってうれしいですよ」聞き慣れた声が答えた。「謝っておいてください。あのときはほかに方法を思いつかなかった。もっとひどい事態になりかねなかったんです」

サンデションは書き終えたメモを担当警察官に突きつけた。〝容疑者のデッドマーシュから職務用の携帯電話にかかってきてる！　今すぐ逆探知しろ！〟それから通話に戻った。「警察官の脚を撃ったのは、もうひとりの襲撃から助けるためだったというのか？　そんな話を信じろと？」

「信じたいものを信じればいい。こっちはのんびり朝食をとってたら、身を守らなければならない状況に追いこまれたんですから。ほかのふたりの身元は突き止めたんですか？　仕掛けてきたやつらのことですが」

「まだだとわかってるんだろう」

「アントンはどうです？」

「誰だって？」

「聖イェーラン病院で会わせてくれた男ですよ、意識不明の。快方に向かっているんですか？」

「容体に変化はない」サンデションはデスクで電話とコンピュータを同時に操っている技術者に期待のまなざしを向けた。技術者はサンデションへの返事を走り書きした。

〝接続を確認中。あと三〇秒必要〟サンデションは問いかけた。「あれは何者なんだ?」

「本当に知らないんですか? 警察はもっと優秀だと言ってほしいものですね、警部」

「おい、お遊びはおしまいだ」

「わかりましたよ。男の名前はアントン・ブロフ。一年前までモサドの長官だった人物です」

サンデションは反応したかったが、思考が停止した。信じがたい話とはいえ、完璧に筋が通る。イスラエル人で、間違いなく敵が複数いる男。

「沈黙から推測するに、本当に知らなかったんですね」デッドマーシュが挑発してくる。

「計画的な暗殺だと言ってるのか?」

「それはそっちで調べてください。俺は妻の話をしたい」

いいかげんに聞き流すサンデションを相手に、デッドマーシュが妻の状況を説明した。逃亡中の石積み職人が言うには、妻はいいかげんな計画に巻きこまれた被害者にすぎないらしい。技術者が親指を突きたて、また走り書きした。〝被疑者の現在地を特定! フリーハムネン・フェリーターミナル付近〟

指令を出す立場にないが、サンデションは指示を飛ばした。空いている手で円を描いて逆探知を続けるよう合図を送り、担当警察官に警察車両の出動を促す。それを受け、数秒のうちにストックホルムの東側にいた対応可能なパトカーはコンピュータが割りだした場所へと急行した。

そのタイミングでデッドマーシュが言った。「悪いが、すぐかけ直します」

電話が切れた。

「ちょっとやめてよ！」ヤンナ・マグヌッセンが叫んだ。

スラトンはセスナの助手席の窓を開けた。開けるのは簡単だった。掛け金はひとつだ。それだけで風の音が格段に大きくなった。けれどもパイロットの注意を引いたのは、スラトンが携帯電話を持った手を外に出し、すぐ下の雲の切れ目を観察したことだ。リラ・ヴェルタン海峡上空の雲のない地点に来たとき、スラトンは携帯電話を落下させた。

「だめ！　それは禁止行為よ！」

スラトンは携帯電話が後方へと落下し、あっという間に見えなくなるのを確認した。

「航空機から物を落とすのは法律違反なの！」マグヌッセンが抗議する。

スラトンはマグヌッセンを見た。コックピットは騒音に満ちていたが狭い空間なので、マグヌッセンにもサンデション警部との会話の一部は聞こえたはずだ。そして乗客は眼下の街に物を落とした。これが転機だ。スラトンが予測していた、正確には計画していた転機を迎えた。サンデションにもう一度電話をかける前に、パイロットとの関係を修復する必要がある。スラトンは右腿のポケットからベレッタを抜いて構えた。マグヌッセンのしかめっ面に浮かんでいたいらだちが懸念に変わったが、それでもパイロットらしく平静を保っていた。当然、これまでもっと差し迫った危険――激しい雷雨、翼の凍結、航空機との接近――に直面してきたのだろう。そうしたときと同じく、スラトンはマグヌッセンの注目を一心に集めていた。

「あなたの助けが必要だ」スラトンは言った。

「これがあなたの頼み方なの？」

「悠長に頼んでる余裕はない。わかってほしい。あなたを傷つける気はまったくないんだ、ヤンナ。でも、あなたの出方次第で必要に迫られたら躊躇はしない。それから、こんなのはばかげてる、ひとりしかいないパイロットを操縦不能にするなんてと主張されるだろうから、その前に説明しておく。俺は経験豊富な飛行士というわけじゃないが、訓練は受けている。この飛行機を着陸させなければならないなら、それは可能だ。水上におりたことはないからやめておくが、八ノットの速度を保って空が晴れるまで南に飛んで、開けた野原か舗装されてない道を見つける。送電線や木がない場所を。うまくはできないだろうし、飛行機を破損してしまうだろうが、それでも自分の足で立ち去れる程度には着陸できる。それにはかなり自信がある」

マグヌッセンがスラトンから計器へ、それから針路へと目を走らせた。

スラトンは続けた。「応答機のコードを変えてハイジャックされたことを管制官に知らせるようなまねはさせない。あなたが話す無線の内容も全部聞いてる。頼みはストックホルムであと二箇所まわって、そのあと南に飛ぶことだけだ」

「どこへ？」

「そのときが来たら教える。目的地に着いたら俺は降りて、二度と会うことはない。あなたは好きなところに行けばいい。合意した金額の残りは払う。俺が去ったあと、警察に通報するかどうかはあなた次第だ。でもその通報を数時間遅らせてくれたら、そうだな、到着地点からあなたがオクセレスンドに戻るくらいの時間を置いてくれたら、二週間後に二万ドルの小切手を送る」

マグヌッセンが疑わしげな顔をしたが、関心がないわけでもなさそうだった。モサドのエージェントは一連の訓練を受けている。操り、説得し、支配して、最後の手段は脅迫と暴力だ。スラトンは暗殺者としてこうした一連の流れを盾に長年生きてきた。けれどもそれより少ない手段でも対処できないわけではない。

「さあ、どうするのが得か考えるんだ、ヤンナ」

スラトンはマグヌッセンと視線を合わせ、彼女が言われたとおりのことをしているのを見て取った。銃は今、脅しという本来の役目を果たしながら床を指している。

「二、三時間、言うとおりにしてくれ」スラトンは促した。「あとは好きにしていい」

考えるほどにマグヌッセンの顔から不安が消えていくように見えた。もちろんいぶかってはいるが、差し迫って命の危険はないと判断したのだろう。マグヌッセンが口を開いた。「昨日、ニュースで見たわ。ストックホルムで銃撃事件があって、犯人は逃走中だって。警察が追ってるのはあなたね」

「そうだ。これでこっちも真剣だとわかっただろう。だが、俺の言葉も信じてくれているると思っている。あなたを傷つけるつもりはない。俺はスウェーデンを出なければならないだけだ、ヤンナ。筋が通ってるだろう？」

スラトンは、マグヌッセンが昨日彼を離島に降ろした状況を含め、これまでの話を検討する姿を見つめた。

「わかったわ」マグヌッセンが言った。「どこに行きたいのか聞かせて」

「とりあえず、西に向かってほしい」

サンデションは現場からの報告を一心に聞いていた。いまだ指令センターにいて携帯電話を握り、親指はいつでも通話ボタンを押せるように構えている。

自分が明かした重大な事実は今頃、指揮系統の上のほうまであがっていると確信していた——聖イェーラン病院で昏睡状態の男がモサドの前長官だという事実だ。大問題に発展しかねないが、現時点では注意をそらすものとしてサンデションはとらえていた。デッドマーシュ発見に続く、さらに大きくて理論的なパズルのピースだ。サンデションはあのアメリカ人を拘束すると心に決めていた。そうすれば興味深い話の詳細はいくらでも聞きだせる。

指令センターのエイルセン副長が盗聴防止機能付きの電話で状況を報告していた。

「フリーハムネン・フェリーターミナル周辺で八台の警察車両により道路を封鎖中です。ターミナルにつながる道はすべて網羅しました。六つのチームは徒歩で乗船口の見まわりを開始しています。直前にリガに向けて出港したフェリーにも戻るよう連絡済みです。まだデッドマーシュの発見には至っていませんが、そのどこかにいるはずです」

サンデションの携帯電話が鳴った。またしても覚えのない番号からだ。サンデションは通話ボタンを押しながら言った。「あきらめろ！」

「その言葉をそのままお返ししますよ、警部」

電話の向こうから先ほどと同じ音が聞こえてくる。こいつは移動中なのだ。リガに向かっていたフェリーか？

エイルセンが自身のコンピュータ画面を軽く叩いてささやいた。「違う番号を使っています！」

「かくれんぼはおしまいにしようじゃないか」サンデションは切りだした。「警察官を撃ったが悪意はなかったと言ったな。その話を信用する気になってる。それにほかのやつらを撃ったのは正当防衛だとにおわせていた。それらが全部証明されれば、寛大な処分が受けられるだろう。おとなしく出てきたらどうだ、暗殺者《キドン》」

電話の相手は無言になった。低い機械音だけが聞こえてくる。

二度目の逆探知は全員が準備していたため、前より早かった。サンデションの目の前で地図に赤丸が表示された。最初の地点から一五キロ離れている。サンデションは目を細めた。

「どういうことだ？」エイルセンが小声で言い、すぐに新しい地点へ向かうよう各チームに指示を飛ばした。

デッドマーシュが再び話しだした。何やら妻の無実を訴えているらしい。サンデションは送話口を覆って言った。「後ろでエンジン音が聞こえる。やつは移動中だ。トラックかバイクか。こんなふうに移動できたんだから、それしか考えられない。北に向かってる車両に目を配るよう、全員に伝えるんだ！」

電話は突然切れた。

サンデションは悪態をついた。

クングスホルム通り四三番地にある県警本部から五キロ東で、重力に引かれて最終速度で落下していた白の携帯電話はヴァーサ号博物館近くのほとんど車が停まっていない市営駐車場の歩道に激突した。電話は一クローナ硬貨にも満たないプラスチックの破片と電気回路に分解され、舗装された路面に飛び散った。一〇分後、その一三キロ西に、別の短い通話を終えた三台目の携帯電話が落ちてきた。こちらはもう少しまして、ブレンシルカ教会の牧師館のアーチ型の屋根にあたって跳ね返り、貴重なステンドグラスの窓を貫通し、隣接する墓地の神聖な地に四五センチめりこんでようやく止まった。

デッドマーシュの三度目の電話が終わる頃には、青と黄色の市松模様の警察車両が、ストックホルムを取り囲む大都市圏を不規則に走りまわっていた。サンデションはシェーベリのオフィスに即刻呼びだされた。そこには新しい捜査指揮官が待っていた。

「容疑者はよりによってなぜあなたに電話をかけてきたの？」サンデションがオフィスに入るなり、国家警察長官のアンナ・フォーシュテンが聞いてきた。

「電話番号を渡していたからです。スウェーデンで唯一知っている警察官が私だったんでしょう」

シェーベリが言った。「この件は公安警察にすべて引き取られることになった。本当なのか？　モサドの前長官が昏睡状態で聖イェーラン病院に収容されているというのは？」

「信じがたいでしょうが、事実だと思っています」サンデションは答えた。

フォーシュテンがきれいにマニキュアの施された指で、サンデションが受けたばかりの電話の内容をプリントアウトした紙をめくった。「これはどういう意味？　〝おとなしく出てきたらどうだ、キドン〟って？　キドンというのはなんなの？」

「モサドの暗殺者のことです」

シェーベリが信じられないと言わんばかりの目でサンデションを見た。「その情報はどこから仕入れたんだ？」

「それを伝えようとしていたのに、副本部長が……」サンデションは言いよどみ、シェーベリとフォーシュテンを交互に見た。「つまり、私は捜査に復帰していいということですか？」

シェーベリが動揺した様子で答えた。「いや、アルネ、それはむろん認めない。ただどうやって情報を――」

「そういうことならそっちで調べればいいでしょう！」サンデションは背を向けてドアへと足を踏みだした。

「待ちなさい。携帯電話を渡して」

サンデションは立ち止まった。

フォーシュテンが言った。「あなたの番号を指令センターの交換台に転送できたら返すわ」

「上等だ。それで、相手が私と話そうと思ってまたかけてきたらどうするんです？」

「この男はあなたのことなどまったく気にかけていない。明らかに警察を混乱させようとしている。相手にしているのがモサドだという線で捜査にあたって見当違いだったとしても驚かないわ」

「同感です」シェーベリが言った。「これまでの犯人の行動はすべてわれわれの予測を証明したにすぎません。やつはここストックホルムにいる」

「そうですかね？」サンデションは盾突いた。

「アルネ」シェーベリが諭す。「事件を必要以上に複雑にするのはやめよう。電話をよこすんだ」

サンデションは携帯電話を取りだしてシェーベリのデスクに落とした。「お好きなように。でも言っておきますが……もし……もし……」サンデションは動きを止めた。何を言おうとしていたのかを懸命に思いだそうとする。そこで突然のめまいに襲われた。

そしてすべてが真っ白になった。

24

意識が戻ったとき、サンデションはシェーベリのオフィスのソファに横たわっていた。見おろしているのはシェーベリと制服姿の救急救命士だった。

サンデションはまばたきをした。「何が起こったんです？」

シェーベリが答えた。「気絶したんだよ、アルネ」

「気絶？」サンデションは上体を起こそうともがいて、ようやく腕に血圧計が巻かれていることに気づいた。

「何か薬物治療を受けていますか？」救命士が尋ねた。

「いいえ」

「前にこういった症状に襲われたことは？」

「いや、もちろんない」

救命士が血圧計を外した。

「どれくらい気を失っていたんでしょう？」サンデションはきいた。

「数分だけだ」シェーベリが答えた。「幽霊みたいに真っ白になってひっくり返ったんだ。床に頭をぶつける前にフォーシュテンが抱き留めた」

そのときの光景が頭に浮かび、サンデションの屈辱は完璧なものとなった。彼は額をさすって立ちあがろうとした。

「無理するな」シェーベリが声をかける。「急がなくていい」

「大丈夫です」サンデションは答えた。肘を救命士に支えられているのを感じながら、足元がふらつかないよう最大限の努力を払って立ちあがった。

「今朝は何か食べましたか？」救命士がきいた。

「いや……きっと全部そのせいだ。それにこのところ仕事が忙しかったから」

「そうだな」シェーベリが同意した。「かなりのストレスにさらされていた」

「なんらかの発作を起こしたことはありませんか？」

「発作？　いや、一度も」

救命士がシェーベリに話しかけた。「もう心配ないようです。私はこれで失礼します。何かあれば、階下《した》にいますから」それからサンデションに向き直った。「お腹に何か入れて、休養を取ってください。もう一度こういったことが起きたら、医師に診てもらったほうがいいですね」

救命士が立ち去ると、シェーベリが口を開いた。「さあ、アルネ。これで納得できなければ、どうしたら納得させられるのかわからない。家に帰って少し眠るんだ。ブリクスに送らせよう」

サンデションは反論しなかった。

エヴィータは同僚の車で密会場所に向かった。頼りにならない女性だが、今回は遅刻せずに現れた。渋滞もなく到着したものの、目的地のホテルから二ブロック離れた場所で降ろしてもらった。友人に礼を言って、時計を見る。恐れていたとおり早く着いた。早すぎてもよくないので、近くで見つけた酒場で気持ちを高めることに決めた。

ほとんど客のいないバーカウンターに腰をおろすと、あっという間にウオッカのダブルが目の前に出てきた。知らないうちに午後の常連客に挟まれている。三度の離婚歴のある弁護士と、イェフドという口臭が強烈な老人だった。弁護士は別れた妻たちの話題を持ちだし、髭も剃らず不潔なイェフドはビールの泡を唇につけたまま、ひどく下品な言葉で誘いをかけてきた。エヴィータはどちらも平等に受け入れなかったが、老いた男のあからさまな態度はある意味で気分転換になった。それでも黙って座っていると不安で体が震えた。自宅から何キロも離れているとはいえ、夫の知り合いがいるかもしれない。この街の権力者の多くとつながりがある夫の知り合いが。遠くを見つめるようなエヴィータの目が、結果として男たちの口説き文句をかわすこととなった。

ウオッカの効果はてきめんだった。いつもと同様、これからしようとしている行為に嫌悪を覚えたが、迷ったことは一度もない。今朝も変わらずサウドの写真と彼から贈られたやさしい詩とともに儀式の時間を持った。サウドとの思い出の品はそれしかなく、そのふたつはドレッサーの引き出しの奥深くに隠してある。毎日数分間だけ、サウドは再びエヴィータのものになった。彼の美しさは永遠に色あせず、芸術家の才能が消えることはない。そして恋人の魂は誠実なままだ。こうした日々の賛辞がエヴィータに前へ進む強い精神力を与え、決して立件されることのない悪事への報復を誓わせた。

エヴィータは自分の正義のために行動する。それには笑顔が必要だが、笑えるだろうか。笑顔になるにはもう少し何かが必要だ。エヴィータはグラスを持ちあげ、のけぞって飲み干した。そして両脇のご機嫌取りに別れを告げた。

一五〇〇メートル下のバルト海では、風と海が激しい戦いを繰り広げている。スラトンは白波が寄せては返すさまを見つめた。海面に白い折り目が突然現れ、あっという間に黒い海へ溶けていく。頭上の空も不吉な色で、厚い灰色の雲が太陽を降伏させ、水平線を分断していた。西側と北側では、降り注ぐ雨が海面まで灰色のカーテンを引いている。印象的な景色だが、ほとんど意味はない。前方と下方の視界こそが重要で、今のところスラトンが思い描いていた状況に適している。

セスナは南南西の針路を取った。小型機はおとなしく一〇〇ノットの速度を保っている。ヤンナ・マグヌッセンも平静を保っていた。ストックホルムから二時間飛んだ時点で緊張は消えていた。スラトンとの会話もほぼ打ち解けたものに戻り、ふたりの良好な関係がハイジャックによってゆがめられた事実などなかったかのようだ。銃はスラトンの右腿のポケットに戻されたが、いつでも取りだせると互いにわかっていた。ふたりはマグヌッセンの話を始めた。オクセレスンド近郊で育ったこと、妹のこと、失敗に終わった結婚の話も含まれていた。そのとき職業上の基準からすると明らかな規律違反とはいえ、スラトンは自分も会話に加わっていることに気づいた。スラトンはスウェーデンで過ごした幼少期のことをありのまま話した。具体的な情報をなるべく避け、学校での出来事を語った。懐かしい友人との悪ふざけ、スポーツの試合で見事な勝利を収めたことや滑稽《こっけい》なほど負けたこと。

　そうしたやり取りに引きこまれ、好奇心すらそそられるという反応を、スラトンは長らく忘れていたが、ヴァージニア州での数カ月を通して学んではいた。そこではウエイトレスや、ピザの配達に来た若者や、コンクリートミキサー車の運転手に話しかけられるようになってきていた。見知らぬ相手の戦闘能力を推し量ることも、話の中に偽りがないか一言一句分析することも、脅迫者の特徴にあてはまる人格の欠陥はないか見定めたりせず会話するという、平凡な日々に必要な能力を取り戻しつつあった。

ただ座って話をする喜びはずっと心の奥にしまいこんでいた。それもクリスティンが取り戻してくれたもののひとつだった。

マグヌッセンが言った。「私がまた空を飛びはじめたのは一〇年前、公務員を辞めたときよ。同じ建物の中に二一年いて、外に出たいって気持ちが抑えきれなくなった。空を飛ぶときが一番解放された気分になれるの」

「その気持ちはわかる」

「言っておくけど、たいして儲《もう》からないわよ。ほとんどの年は収支が同じくらいなの。たぶん休暇で数週間スペインに滞在できるくらいのお金にしかならない」

「望むのはそれだけかい？」

マグヌッセンが考えた。「ええ、そうね。去年マルメにあるライバル会社をすばらしい値段で買収できるチャンスがあったの。四機の飛行機と六人のパイロット、それにすでに契約済みの仕事も手に入ったかもしれなかった」

「おまけについてくる頭痛の種も？」

「そのとおり。買わないって決断を下すのは、これまでで二番目に簡単だった」

スラトンはさらに尋ねた。「一番簡単だったのは？」

「くだらない夫のもとを離れたことよ。当然じゃない」

スラトンは微笑んだ。

「あなたは？」マグヌッセンがきいた。

「どういう意味だ？」

「本当に奥さんがいるの？」

スラトンは前方に目を向けた。ドイツの輪郭が不気味に海面からあがってくる。低い丘は海岸線とひと続きになり、まだ見ぬ川は激流となって渓谷のあいだを流れているのだろう。あれが目的地だ。その光景を目にして、スラトンは気持ちを引きしめた。

スラトンが返事をしないので、マグヌッセンは言い添えた。「指輪をはめてるから。もし問題があるなら、その話をしてもいいわよ。話をするってことはとても――」

「ヤンナ」スラトンがさえぎった。「公務員だったと言ってただろう？」

「ええ」

「どんな仕事をしていたんだ？」

マグヌッセンがフロントガラスの向こうに目をやった。「健康福祉庁の危機対応顧問だったの」

スラトンはこらえきれずに笑いだした。

自分の置かれている状況の滑稽さに、マグヌッセンも笑った。

25

コックピットで育まれた友好的な空気は、最終着陸態勢に入ると消え去った。スラトンは高度をさげて海岸線ぎりぎりを飛ぶようマグヌッセンに指示した。一〇分後、望ましい着陸地点が目に入った。何キロにもわたってどの方向にも人けのない辺鄙《へんぴ》な入り江だ。

マグヌッセンは今回もセスナをなめらかに着水させた。機体が停まると、暗さを増していくドイツの海岸へと方向転換した。危機対応顧問兼パイロットのヤンナ・マグヌッセンは、陸地との境界線が近づくにつれて予想どおり緊張を募らせているらしい。マグヌッセンがエンジンを切ると、スラトンはポケットに手を伸ばした。その手には約束の残金が握られていた。

金を受け取ったマグヌッセンにスラトンが言った。「そっちを向いてくれ」

「なんですって？」

「顔だよ……そっちに向けて」

マグヌッセンは警戒心を強めたようだったが、言われたとおり反対側の窓のほうを向いた。

スラトンはポケットから二二口径の銃を抜き、慎重に狙いを定めて残りの一発を撃った。無線機のパネルが粉々に散った。

マグヌッセンの体が無意識に跳ねた。彼女は振り向き、スラトンのしたことに目をやった。

「このろくでなし！　私の飛行機を撃ったのね！」

「無線だけだ。ほかはまだ動く。新しい通信機器のパネルにはいくらかかる？」

マグヌッセンが震えたまま、一瞬考えた。「ドル換算で？　二〇〇〇ってところかしら」

「わかった、それも支払いに加えよう。合計で二万二〇〇〇ドルだ。三時間後に出発してくれ。そうすれば二週間後に小切手が届く」

マグヌッセンが鋭い視線を投げた。「私が受け取る資格があるとどうしてわかるの？　三時間待ったかどうかなんて知りえないでしょう？」

スラトンはただ微笑んだ。「力を貸してくれて助かった」それからドアを開け、飛行機の下部につけられたフロートに足をのせた。けれども、しばらくためらってから振り返った。「ヤンナ……あのヨットを見たんだろう？」

「ええ」

「北に向かうのも見ていた」

答えはなかった。

「あのヨットには女性が乗っていた。警察が捜している女性だ。ほかにも彼女を捜している者たちがいる。危害を加えるかもしれないやつらだ。これは言いきれるが、彼女は何も悪いことはしてない。俺と関わった以外には。ただ、あなたに話したことでひとつ、真実でない点があった」スラトンはパイロットのブルーの目と視線を合わせた。「ヨットに乗ってるのは愛人じゃない。俺の妻だ。そしてあなたには決してわからないくらい彼女を愛してる」

マグヌッセンはスラトンを見つめ、破壊された計器パネルに視線を移した。その顔に奇妙にも面白がるような表情が浮かんだ。

「私が二〇歳のとき、あなたはどこにいたの？」

スラトンはにやりとしてドアを閉めた。

五分後、スラトンはヨーロッパ大陸に立ち、小型の水上飛行機が上空へ向かう姿を最後にもう一度だけ見つめた。視界から消えるまで待ちはしなかった。バックパックを大きな岩にのせて中身を確認する。ＧＰＳ受信機、弾の入っていない二二口径のベレッタ、双眼鏡、それからエナジーバーが一本――残りはクリスティンに持たせた。財布には三九ドル。

スラトンは銃をジャケットの右ポケットに入れて、すぐに取りだせるようフラップはポケットの内側に押しこんだ。弾丸がなくても脅しには役立つ。GPS受信機は小型の双眼鏡とともに反対側のポケットにしまった。財布からは金以外のものを全部取りだした。ヴァージニア州の運転免許証、有権者登録カード、プリンスウィリアム郡の図書館カード。エドマンド・デッドマーシュ名義のものはすべて空のバックパックに入れた。一年近く使った身分証明書との別れのときだ。

　最も難しい部分はアントン・ブロフが処理したのだとスラトンは思っていた。スウェーデンに到着後、エドマンド・デッドマーシュという人物はネット上からかき消されていた。おそらく最後に使用したタイミングで削除したのだろう。結果として匿名になったことは充分役に立った。元上司からのメッセージにも気づいた。〝姿を消せ、ダヴィッド。ほかの方法を見つけるんだ〟言われたことはなかったが、あの身分証明書の出所は中央情報局《CIA》ではないかと思っていた。ブロフがモサドの長官を辞める前に昔のつてで手に入れたのではないだろうか。あるいは秘密情報部《MI6》か。いずれにしても、ブロフは自分が始めたことを自分で終わらせた。エドマンド・デッドマーシュの世界を与えてくれた元上司は、逆にコンピュータを操作してすべての痕跡を消すと同時にスラトンをも消し去った。

　スラトンはソフトボール大の石を見つけてバックパックに入れ、しっかりファスナーを閉めた。そしてストラップを手にハンマー投げの選手よろしく半回転して、一五メートル沖合に投げこんだ。激しい水しぶきがあがり、それで終わった。ダヴィッド・スラトンとして生まれた男は再び亡霊となった。現役の頃は多くの伝説的な人物を暗殺したが、これほどほろ苦い別れはなかった。エドマンド・デッドマーシュという名が虚構にすぎなかったとしても、スラトンにとっては現実の生活を象徴するものだった。ヴァージニアのテラスで焼いたハンバーガー、キュラソー島のビーチで過ごした一週間。長い年月を経てようやく経験できた、平常に最も近い日々だった。

その生活の名残は今、深く暗い場所へと沈んでいく。それより前の生活の痕跡はとうの昔に消されている。警察や諜報機関は効率化を図るため、判明している事実を結びつけるという考えのもとに組織されている。そうなると、自分のケースではいらだちを抱えての作業となるだろう。数名の警察官と顔見知りのぼんやりとした記憶と、遠くからとらえた映像がいくつかあるかもしれないが、それ以外に照合できるものがないからだ。金の動きを監視する年金口座もない。公表する運転免許証もない。傍受する家族の携帯電話の信号もない。この初秋の夜にひとりきりで髭も剃らず、手ぶらでドイツの海岸に立つ男は、忽然《こつぜん》と現れた幻のごとく無に近かった。

すべてを覆いつくす黒雲は北に位置し、一日の名残といえば西の水平線に見える紫色の水煙だけだ。薄れゆく光の中でスラトンは海岸の左右に目を配った。どちらの方向にも岩だらけの海岸線しか見えないことを確認してから、南を向いて快活な足取りで歩きだした。並木に行きあたった暗殺者《キドン》はほどなく姿を消した。

エヴィータ・レヴィーンはテルアヴィヴのイスロテル・タワー・ホテルの玄関に足を踏み入れたとたん、慣れ親しんだ視線を感じた。ベルマンの注目に気づかないふりをして、内心で喜びつつも、あからさまな視線を向けてくる高級なスーツ姿の会社員と目を合わせたりはしなかった。エヴィータも身なりは整えてきた。最近、必要経費に計上できるようになったローネン・チェンの服の効果もある。手首にはめたブレスレットは手に入れたばかりの安物だが、ホワイトゴールドにダイヤモンドがついていてひときわ目を引いている。エヴィータはわざわざフロントに立ち寄らず、エレベーターに直行して一〇階に向かった。そしていつものドアをノックした。

ドアがノックとほぼ同時に開いた。

男が半分空いた赤ワインのボトルを手に、ネクタイを緩めたまま、ふらつきながら立っていた。彼は腕時計に目をやった。その拍子に、栓をしていないボトルの中身がアイロンのかかった白いシャツにこぼれそうになった。それを見て、もう少し早く来たほうがよかったかもしれないと思った。

男が口を開いた。「やっと来たか。どうしたのかと思いはじめてたところだ」

「ごめんなさい。夫を家から追いだせなくて」

エヴィータは室内に入り、先の尖ったマノロ・ブラニクのハイヒールでドアを蹴った。ドアが閉まり、ロックがかかるのを待ってから抱擁を交わす。男は背が低く、一二センチのハイヒール――男のお気に入りだ――を履くと、唇を合わせるにはエヴィータが腰を折らなければならない。

男がエヴィータの尻をつかみ、エヴィータは相手の耳を口に含んでからささやいた。「こんなふうに夫を騙すのにはまだ慣れないの。あなたと違ってこういうことは得意じゃないから」

男が体を引いた。「心配するな。いつものように充分注意はしてる。もし安心できるなら、電話をかけて旦那が今どこにいるか確かめてやるぞ」

それを聞いて、エヴィータは一瞬ぞっとした。こちらを感心させようとしているだけだともちろんわかっているが、男が権力者であるのを忘れることはできない。

「いいえ、その必要はないわ」

男は自信たっぷりな様子でゆっくりとミニバーに向かった。「それで、この一週間どう過ごしたか聞かせてくれ」

エヴィータは話しだした。いつものごとく、非常にくだらない事実に終始した。ネイルサロンでの仕事のこと、義理の両親宅での惨めな夕食、親友の優秀な息子が受け取った大学からの不合格通知について。男も最初は聞いていたが、エヴィータが話せば話すほど酔っ払っていき、必然的に興味も薄れていった。一本目のワインはあっという間になくなり、二本目が音をたてて床に落ちたとき、ふたりはベッドにいた。男のシャツは消え、エヴィータは高価な新しい下着を身につけただけの姿になっていた。男
エヴィータが男の胸毛の上にゆっくりと円を描くと、望みどおりの効果が得られた。

「私の話はもう充分。あなたはこの一週間忙しかったの？」

「ああ、想像もできないだろうな」男が大きく息をついた。「毎晩会議だ。長官は仕事の虫で、周囲にも同じことを求める」

「ひどい話ね。プレッシャーも相当でしょう。あなたの負担を軽くしてあげたいわ」

男は好色な含み笑いをもらした。

「もう、本気よ。ハマスを全員引っ張りだして、穴の開いたボートで海に送りだしてやれたらいいのに」

男は酔っ払った顔をエヴィータに向けた。焦点の合わない流し目は、バーにいた老いぼれイェフドとさほど変わらない。「ああ、やってくれるだろうな。君みたいな兵士がもっと欲しいよ」

エヴィータは突きでた毛むくじゃらの腹まで手を滑らせた。「それにイランの頭がどうかした科学者……もし機会があれば、この手でそいつの頭に弾丸を撃ちこんでやるわ」

「言っただろう。われわれもそうしようとしてるんだよ。あの砂漠でのへま……成功する見込みなんて、はなからなかったのに。おまけにバイクでも失敗したんだぞ？　愚かにもほどがあるってもんだ」話し方が例によってねちねちしたものになっていく。「だが、あと一回チャンスがある。ハメディが外国に行くんだ。長官はいい手を見つけたと思ってる。作戦の実行役に新しい男をひとり連れてきた。失敗しそうにない男をね」

「ひとりなの？」

「ああ」

「刺客なの？　怖いわ、あなたが関わってる人たちって。どういう計画なの？」

「何もしゃべってはいけないんだよ。今回はね」

「そうよね、わかるわ」エヴィータは男の耳に鼻を押しつけた。「あなたってほんとに刺激的な人生を送ってるのね。とんでもなく刺激的……」彼女の手が男の象徴を探りあてた。「その話はあとにしましょう」

モサドの作戦本部長エズラ・ザハリアスが鋭く息を吸った。「ああ……そうだな……ずっとあとに」

ブリクスは家の中までサンデションに付き添った。

「大丈夫だよ、グンナル。本当だ」

「今夜は誰かについていてもらったほうがいいと思いますけどね。妹さんはどうです？」

「休暇で出かけている」

「アニカは？」ブリクスがサンデションの娘の名を出した。

「俺は病人じゃないぞ！　少なくとも今のところは。アニカはただでさえ忙しいんだ。おまえもそのはずだろう。さあ、さっさと引きあげて、俺たち全員を間抜け扱いしてるろくでなしを見つけてこい」

ブリクスがにやりとした。「よかった。昔の警部に戻ったみたいだ」

サンデションは、帰ろうとするブリクスの背中に声をかけた。「悪かったな、グンナル」

「気にしないでください。そうだ、忘れるところだった」ブリクスがポケットからサンデションの携帯電話を取りだした。「どうぞ」

サンデションは受け取った。「持っていてもいいのか？」

「そういうわけじゃないんですが。ＳＩＭカードは抜いてありました。新しいものを買わないとだめですね」

「すぐに用意する」

「また使えるようになったらかけてください」

「ありがとう」

ブリクスが立ち去り、ドアが閉まった。

サンデションはダイニングテーブルの前に腰をおろした。湿気たポテトチップスが入ったボウルをどけて、使えない携帯電話を置く。部屋は静まり返っていた。目を閉じて靴を脱ぐと、むきだしの石の床から靴下越しに冷たさがしみこんでくる。自分はどこが悪いのだろう。アルネ・サンデションは考えた。


ストックホルム県警はかなりの残業代を支払っていた。依然としてつかまらないアメリカ人を捜すために逆探知で割りだされた三地点に押し寄せて午後を過ごした警察官たちは、なんの収穫もなく働き続けた。夜には三地点のそれぞれにチームが配置され、まばゆい光を放つ懐中電灯を手に証拠を捜した。地下鉄の駅やフェリーターミナルのパトロールを任された者もいた。一〇数名は火曜の夜をアーランダ空港で目を光らせながら過ごし、二名はかなりの希望的観測でストランドホテルのロビーに張りついた。近隣諸国にも警告が発され、スウェーデン中の入国審査カウンターには、警察官への発砲容疑のかかった、おそらくはエドマンド・デッドマーシュという名で移動しているアメリカ人がいないかどうか警戒するよう通知が出された。

国家警察長官のアンナ・フォーシュテンはその夜、二度の記者会見を行った。最初の会見では、先日発生したストランドヴェーゲン通りにおける銃撃事件の概要が述べられた。この味気ない手続き上の報告を、ほとんどのテレビ局は目撃者が撮影した衝撃的な映像とともに放送した。携帯電話で撮影された超低予算映画並みの映像だったが、悲鳴をあげて逃げ惑う人々が見られ、発砲音もはっきり聞こえるうえに、若者がスクーターをぶつけてレネサンス・ティールーム前の歩道を横滑りする映像も含まれていた。警察はその映像のコピーを入手したが、証拠品としての価値はほとんどないとすぐさま発表した。

事態が自分の手の中からこぼれていくのを感じたフォーシュテンは、自身のオフィスの前の歩道で二度目の会見を即興で行った。短いながらもはっきりとした口調で、状況は間違いなく掌握できていること、優秀な捜査官たちが逃亡者の身柄の確保に向けて大きな成果をあげていることを強調した。いくつもの質問が手榴弾《しゅりゅうだん》のように投げつけられたが、フォーシュテンは彼女の要塞《ようさい》である国家警察本部に戻っていった。質問にはいっさい答えなかった。

26

フォーシュテンがストックホルムの歩道を横切り、来た道を戻っていた頃、彼女が捜している男は五〇〇キロほど南にあるドイツのザスニッツの静かな港のコンクリートの上に立っていた。スラトンは到着地点を出発してから、ヤスムント国立公園をひたすら歩いた。リューゲン島の北部の、低木が生い茂って沼地が続く六キロの道のりだった。公園が細い道路に変わったところで左折して、遠くのほのかな明かりを目指した。二〇分後、スラトンはザスニッツに到着した。

鉄道の発着駅を背にして遠方に目を向けたスラトンは、自らの幸運に驚いた。この近辺のどのヨーロッパの地にもここに勝る移動手段があるとは思えない。乗客、乗用車、長距離トラックなど、あらゆるものを扱うフェリーの埠頭《ふとう》が見える。自分のすぐ後ろには鉄道の発着駅、まっすぐ行くと船積みの作業場がある。入り江には小さなクルーザーが漁船団の隣に停泊し、私有の船台にレジャーボートが並んでつながれている。小型のばら積み貨物船や運搬船もあり、その周辺に荷積みのクレーンとフォークリフトが、ドイツ全域やそれより遠くへ船荷を運ぶトラックと接続できるように用意されている。可能性にあふれているように見えるが、スラトン自身の目的に対する手段を考えると選択肢はかなり狭まった。ポケットにあるのは三九ドル。それでスイスにたどり着かなければならない。

スラトンは問題に立ち向かう最善策をじっくりと考えた。背中に涼しい風を受けながら、フェリーターミナルへ向かう。風は常緑樹の香りと、これからの季節に向けて準備をする暖炉の刺激臭がかすかにした。北部特有の長い夕暮れが力尽きると、歩道は電灯が放つ光でいくつもの黒い影に区切られていった。スラトンはさらに暗く奥まった場所にとどまり、どの手段を選ぶべきかに思いを巡らせた。意識は車両が積まれたままの大型フェリーに落ち着いた。二〇分後、問題に対する答えが金属製の大きな出口ランプから降りてきた。

スラトンが物陰から見ていると、あとから二台、同じタイプの車両が続けて出てきた。運搬手順を目で追い、一台ずつ明るく照らされた保管場所に停められる様子を観察した。運転手は車から降りて、車のキーを守衛用の小屋のような場所に持ちこんでいる。小屋の内部は見えないが、キーが横に並んだフックにかかっているか、札をつけて引き出しにしまわれているのだろう。どちらも体系化を好むドイツ人の傾向に即している。スラトンは観察を続け、三〇分のあいだにさらに九台が一台目とほとんど同じ手順で運ばれた。運転手がフェリーから降ろし、駐車して、キーを小屋に運ぶ。

目の前の工程を理解して満足したスラトンは、繰り返された流れを頭の中で逆にたどった。そうしてこのシステムの欠点を探すと、いくつかの可能性が見えてきた。それから駐車場そのものを観察した。貨物の積み下ろしスペースは相当広くて縦も横も八〇〇メートル近くあり、鉄条網で囲まれている。駐車スペースは半分ほど埋まっていて、トラック、自家用車、トレーラー、コンテナが混在している。数分停めて出ていく車もあれば、車台の下で春の花が咲き誇る車もあるかもしれない。特に興味深いのは、出入口が一箇所しかなく、小屋で体格のいい女性が出入りするものすべての点検をいいかげんに行っている点だった。

スラトンは標的と定めた車両にもう一度目をやった。これしかない。彼の要求を完全に満たしている。だが、忍耐と計画と創造性すら求められるたぐいの窃盗だ。スラトンは決断を下し、闇から踏みだして仕事にかかった。

その夜、八時三〇分にサンデションの家のドアがノックされた。サンデションが開けてみると別れた妻が立っていた。

「イングリッド……どうして」元妻の心配そうな顔を見て、サンデションは即座に察した。「ブリクスが電話をかけたんだな?」

「具合はどうなの、アルネ?」

「みんながその質問をやめてくれるといいんだが」

玄関に風が吹き抜けた。「中に入れてくれる気はある？」

「ああ、すまない」

サンデションは振り向いて部屋を見まわした。記憶にある限り、イングリッドは五年前に出ていってから家には来ていない。そのあいだに、ここはどれくらい変わったのだろう。雑然とした家具や洗浄が必要なカーペット、シンクのそばに恥ずかしいほど重なった汚れた皿が目に入った。今さらどうしようもない。

「家政婦に年休をやったんだ」

「そんなにひどくないわよ」イングリッドが嘘をついた。

「お茶でもどうだ？」

「カフェインなしでお願い」

サンデションは湯を沸かした。長くふたりで分かちあった空間を元妻がぶらぶらと歩くのを見るのは妙に居心地が悪かった。

「私の庭はどうなってる？」イングリッドが裏の窓から暗がりをのぞいた。

「聞きたいか？　親愛なるドイツ人が大敗したあとのアルデンヌみたいになってるよ」

イングリッドが笑った。「五年も経ったとは思えないわね」

「ああ」サンデションも同感だった。「アルフレドはどうしてる？」〝あのトイレ王〟

と言わなかった自分を褒めてやりたかった。

「それが、あまりよくないの。心臓だって」

洗ってあるカップを探して食器棚をのぞいていたサンデションは動きを止めた。元妻の顔には悲しみがにじんでいた。「それは気の毒だな、イングリッド。本当にそう思う」

イングリッドがそばに来て、キッチンの明るい照明の下でサンデションを見あげた。

「顔色が悪いわ、アルネ」

「ブリクスはなんて言ってた?」

「今日、本部で気を失ったって。このところ、ものを忘れがちだとも言っていたわ……それが署で問題になってるって」

「もう問題にはならない」サンデションは食器棚に向き直った。「警察を辞めてきた。急な決断だったのは認めるが、シェーベリが理由もなしに大きな事件から俺を外したんだよ」

「それも聞いたわ。今回の銃撃事件を担当してたんでしょう?」

「ああ。シェーベリは何かにつけて理不尽で、口論になった。ちょうど潮時だったのかもしれない。三五年も尽くしたんだから」

「大変だったわね」

「そうでもない。そのときが近づいてると誰もがわかってたんだ。ただ、手をつけた捜査はきちんと終わらせたかった」

サンデションは紅茶を淹れ、飲み頃まで冷ました。ふたりで話していると、イングリッドが元気がなく、打ちひしがれている印象を受けた。とはいえ訪ねてきた状況や、ましてや彼女の夫の健康状態を考えると、これ以上を期待するのは酷だろう。それでも期待せずにはいられなかった。話題が自分たちの娘と消防士の恋人の話、そこから未来の孫の話など明るいものに移ると、その場の空気もほぐれてきた。おまけにイングリッドは一、二度、サンデションを笑わせてもくれた。ここ一週間のほかの夜よりも一、二度多く笑ったことになる。一時間ほど話したところで、とうとう彼女が腕時計を見た。

「そろそろ行かなきゃ。アルフレドは寝る前に薬をのみ忘れることがあるのよ」

「そうか、帰る時間か」

気まずい空気がいっとき流れたあと、イングリッドが切りだした。「病院に行くようあなたに勧めるとブリクスに約束したの。もしきかれたら、勧められたと答えてね」

サンデションは口元を緩め、コートを着るイングリッドに手を貸した。イングリッドがどこか懐かしい親しみをこめた顔でサンデションを見あげた。

「あの事件のことだけど……気になっているんでしょう、アルネ？」

「どの事件もそうだ」

「いいえ、この事件ほどじゃないはずよ」

「残念ながら、これ以上俺にできることはないんだ」

「あら、そうかしら」イングリッドが戸口に向かい、ドアノブに手をかけた。「いつだって腰をあげて、始めたことをやり遂げられるものよ」


ヨットを沈めるのはクリスティンが想像していたほど簡単ではなかった。暗闇の中で一時間かけてハンマーを叩きつけたあと、最後には電池式のドリルを使って右舷の喫水線の下に適当と思われる大きさの穴を開けた。ようやく海水が流れこんでくると、汚水ポンプが自動的に作動しないようにしてエンジンをかけた。

ヨットを沈める必要性についてはダヴィッドとさんざん言い争った。ダヴィッドは証拠はいっさい残してはならないと諭し、クリスティンはより現実的な船乗りの視点から反論した。結局、状況が落ち着いたらヨットの持ち主を捜して埋め合わせをするということで妥協した。

クリスティンはルンマレ島沖の入り江付近までヨットを移動させ、船首を岩礁のない開けた水域に向けた。懐中電灯でキャビンを照らして水位を確かめ、エンジンルームがどれくらいで水没するかを見積もった。そして水没すると予測した時刻の数分前に、船腹から船腹へとロープをかけて舵《かじ》取りレバーを固定し、モーターをてこで動かして準備を整えた。クリスティンは三日目になる下着のみをつけた姿で船尾の梯子を滑りおり、バルト海に降りたった。水はこれまでで一番冷たく感じられた。

服を脇に挟んだまま足首までの深さの海をなんとか進んで振り返る。ヨットは沖へ向かって走り、それからわずかに右に曲がった。舵取りアームが緩んだのだ。死刑囚を墓穴に立たせて充分な深さがあるかどうか確かめさせるくらい恥ずべき行為だと感じつつも、クリスティンは沖合に出てすぐの場所も水深があることを深度計で事前に確認していた。大きなエンジン音がプスプスという音に変わってとぎれがちになり、やがて静かになった。これまでのところは順調だ。すでにかなり右に傾いていたヨットにさらに力が加わって、ぎこちなくくるりとまわりはじめた。そして五〇メートル先で酔っ払いのように揺れていたブリックレイヤー号の影は、無関心な海の上で動かなくなった。

クリスティンは重い足取りで岸にあがり、最後の乾いたタオルで拭いてからズボンをはいた。どれくらいで沈むのだろうか。大型船の場合は、ときに何日もかかると知っている。水没時間はさまざまな要素によって変わる。浮力、積み荷の移動、重心も関係している。長いあいだ何も起こる気配はなかった。小型ヨットはその場にとどまっているだけだ。傾いたマストが月光を浴びた雲間にはっきりと見える。それからようやく沈みはじめた。船体がさがり、さらに右へと傾いて船べりが水中に消えた。静かな入り江の向こうで激しい水音と空気が噴きだす音がした。数分後、ブルーの線が描かれたヨットは横倒しになった。船体が消え、マストが最後にもう一度だけ風を受けようとするかのように垂直に起きあがった。そしてアーサー王の魔法の剣《エクスカリバー》が湖に消えるがごとく、そのまままっすぐ沈んでいった。

ヨットが見えなくなる前にクリスティンは背を向けた。

エルベク・ギュルハンはザスニッツの荷下ろし場の外の小屋で女性に配達記録を渡し、代わりにキーの束を受け取った。

「あなた、トルコ出身でしょ?」女性が言った。

ギュルハンはうなずいた。「このキーの車はどこ?」

「二〇六番のスペースよ」

ギュルハンはうなった。

「私はヘルガ」

「俺はエルベクだ」

「遅い出発なのね」

「そうなんだよ。さっき電話がかかってきて、フェリーが遅れてるからって」

「報酬は五割増？」

「ああ、正解だ」

「なら、お金持ちね。明日ビールでもおごってよ。仕事は毎晩〇時までなの」

ギュルハンはヘルガを見つめた。ドイツに来て五年になるが、欧米の女性の積極性にはまだ慣れない。

「明日には戻らないかもしれない」ギュルハンは言った。「ミュンヘンまで行くんだ」

「じゃあ、あさってにでも」

ギュルハンは二度目となるうなり声を残して背を向けた。けれども砂利敷きの側線を横切りながらも、詰め所にいた女性のことを考えていた。生き生きとして、見た目も悪くはなかった。仕事のあとの一杯が多すぎて、体の線は緩んできていたが。おまけに少なくとも一五歳は年上だろう。それでは母親と出かけるようなものだ。ギュルハンはため息をついた。だらしのない体の生きのいい女か。どうしてその逆にはお目にかかれないんだ？

ギュルハンは敷地の奥にある二〇六番の区画を見つけた。そこで夜が台なしになった。作業ライトを手にした機械工がキャンピングカーの下に潜っているらしく、フロントバンパーから脚が突きでている。

「どこが悪いんだ？」ギュルハンは腰を折ってのぞきこんだ。

油まみれのつなぎを着てレンチを持った機械工が、キャンピングカーの下から体を滑らせて出てきた。「エンジンスターターがやられてる。交換しなきゃならない」

男は明るい色の髪をしているが、発音からしてドイツ人ではないとギュルハンは思った。おそらくポーランド人かラトヴィア人だろう。人のいやがる仕事をしてもらうために迎え入れられた、祖国を捨てた労働者だ。男がどこの国から来ようが、トルコ人の配送運転手にとってはどうでもいいことだった。「出発できるのはいつ頃だ？」

「この時間だと、新しい部品が手に入らない。乗れるのは明日だな。たぶん昼近くになる」

ギュルハンは小声で悪態をついた。「シュトラールズントから派遣されてきたのに。その時間までどうしろっていうんだ」

機械工は肩をすくめてバンパーの下に戻った。

ギュルハンは体を起こして腕時計を見た。一一時四五分だ。詰め所に目をやると、まもなくシフトを終える先ほどの女の姿が見えた。遠目のほうが魅力的に見える。それにどう見ても退屈そうだ。なるようになれ。ギュルハンは詰め所に戻っていった。

「おい！」

ギュルハンが振り向くと、機械工がまた顔を出していた。

「これを動くようにするにはキーがいるんだ」

ギュルハンはためらいもせず、区画の手前から車のキーを放った。コントロールが悪く、キーは車のフロントグリルのほうへ飛んでいったが、男はすばやく手を出して空中で見事に受け取った。

27

スラトンはベルリンを迂回してドイツの中心地を通過し、午前三時には近代的で活気に満ちた工業都市マクデブルクに近づいていた。今ではその地に神聖ローマ帝国の略奪や、のちの連合空軍による爆撃を想起させるものは見あたらなかった。

ザスニッツから二五〇キロの地点まで行き着いたが、明け方までにあと三二〇キロ走らなければならない。雨が降りだした。何日も続く一〇月の濃い霧雨だ。ヘッドライトが光る白線上に描くはずの一定のパターンが乱れ、キャンピングカーのタイヤが濡れたアスファルトの路面できしむ。タイヤが道路のくぼみにあたって車が芯まで揺れ、背後のどこかで引き出しの開く音がした。この車はさまざまな用途で使われていたらしく、黴と安物のクレンザーのにおいがしたが、スラトンはまったく気にならなかった。

バックミラーを確認し、背後で揺れるヘッドライトの一覧を作った。今夜はこれで五度目だ。車のヘッドライトは夜には固有の特徴を表すことをスラトンは知っていた。よって少し学べば記録や追跡が可能になる。さまざまなレンズの形状、配置、間隔、それから言うまでもなく明るさと色。すべてを合わせると署名のようなもので、一定時間あとをつけられていると簡単に判別できる。今は後方に見覚えがある車はない。

目的地に着く前にいったん給油しなければならない。これで手持ちの金がなくなりそうだ。寝台が三つのこのモデルは最高の選択だった。一〇月中旬になぜこの車がザスニッツの埠頭に到着したのかスラトンは正確に把握していた。これはレンタカーの一種で、夏の数カ月間スカンジナビアで特別料金で借りられるが、冬が足早に近づいてくると車はオフシーズンに向けて南に移されるのだ。スペインやフランスへ。もともと考えていた堂々と盗むという計画はすんなり運んだ。スラトンは標的に選んだ運転手と守衛が夜中に一緒に去っていく様子を見つめた。そこからは簡単だった。スラトンはゲートを通過し、新しくシフトに入った肌の黒い守衛に手を振った。もし車を停められて身元を確かめられたら、機械工の役柄に戻って修理がうまくいったかどうか確認するためにテスト運転が必要だと主張するつもりだった。そうすれば車を使える時間がかなり短くなっただろうが、守衛は手を振り返しただけだったので、スラトンはそのまま走り去った。車を盗んだことは明日の昼まで気づかれないだろう。

バイクに乗ったときと同じ要領だ。盗んだときと同じと言うべきか。

このキャンピングカーの届け先を書いた紙がバックミラーからぶらさがっているのを見つけたとき、スラトンは計画を変更して、ザスニッツからさらに一六キロ先まで行くことにした。到着地がミュンヘンとなっていたからだ。スラトンの目的地と完全に一致するわけではないが、利用せずにやり過ごすのは惜しかった。車はこのまま自分でそこまで届けよう。車がしかるべき時間にしかるべき場所に現れたら、ふたりの運転手が同じ配達の担当に割り振られたという明らかなスケジューリングのミスだと思われ警戒心を呼び起こす可能性は低くなる。

Ｅ30号線を西に走ると、分岐合流点にぶつかった。南方のライプツィヒやニュルンベルク、低く連なるエメラルド色のバイエルンの山脈へと続く道だ。スラトンはハンドルを右に切って出口へ向かい、極力速度を落とした。路面が滑りやすく、ハンドルを取られそうだった。ガードレールに向かって横滑りする危険は冒したくない。傾斜した道が山の起伏に沿って続いており、これ以上望めないほどのルートだ。旅をするには手ごわい道だが、抗いがたい利点がひとつあるのはたしかだった。それは追跡が難しいということだ。

同じ水曜の朝九時五〇分、ラフィという名の男がテヘランのエマーム・ホメイニー空港に到着した。アンマン発のイラン航空五二八便は例によって一時間遅れた。縁石のほうに出ていくと、いつもの黒いメルセデスのリムジンが待っているのが見えた。男がこういった苦難を味わうのは八度目だ。苦難とは、ダマスカスの欠陥だらけの下水管やガザの埃っぽい空気、ベイルートの野菜の値段の高さと同じく、干渉的なイスラエル国でのわずらわしさのことだ。聞くところによると、ユダヤ人はインターネットの監視がうまくなってきているらしく、そのせいでラフィはこの一年、重要な要件にはいっさい携帯電話が使えなくなった。そして今は事実上、使い走り役にまで降格されている。己の経歴を八〇〇年ほど前にチンギス・ハンの一団の手をすり抜け、命懸けで重要な文書を運んだ勇敢なペルシアの使者と重ねていた。

そう、俺たちには大きな共通点がある。ただし、自分にはどちら側にも敵がいる。

メルセデスに乗りこむと、エアコンの吹き出し口からの風あたりがいい位置へと贅沢な革張りの座席で体をずらした。リムジンの運転手も隣のがっしりとした男もひと言も発さず、車は急発進して交差点を抜け、情報省に向かった。

ラフィは窓からテヘランのぼやけた景色に目をやった。実際に街に降りたったことはないが、なぜかなじみがあるように感じる。カートの野菜を売る老女や、無秩序に車が行き交う中をスクーターに相乗りしてすり抜ける命知らずの若者が目に映る。ここがアンマンやカイロ、あるいはこの地域にいくつもある首都のどこであってもおかしくない。けれども大型のメルセデスが道をそれ、情報省本部の複合ビルの不気味な鉄格子を抜けると、懐かしい感覚は突如として消え失せた。

ラフィは座席で背筋を伸ばした。ほどなく車は滑りこむように縁石のところで停まり、ドアが開いた。ラフィは迷路のごとく入り組んだ廊下をせきたてられ、イランに到着してから二二分後にファルザード・ベルーズの執務室に入った。

小柄な男は座ったまま、目の前のデスクに置かれた分厚い封筒の向きを整えた。

「それで？」ベルーズが促した。歓迎する様子は微塵《みじん》もない。

「お考えのとおりでした」ラフィは言った。「ハメディに対する新たな計画が予定されています」

「いつ、どこでだ？」

「わかりません」

ベルーズがほとんど気づかない程度に首を傾けた。「どういう意味だ？　われわれの情報提供者はいつだってかなり……協力的だったではないか」

「情報源の女の状況は工作員から聞きました。こちらが頼んだのは細心の注意を要する問題で、女がこれ以上強引に出るのはよくないと考えます。ザハリアスは愚か者ではありません。しかし、ほかにお伝えしたいことがあります。女が言うには、ユダヤ人たちはハメディがまもなく出国するのを心待ちにしています。これを好機ととらえている。もし本当なら、どうするかはもうお決まりでしょう」

「いや」ベルーズが反論した。「詳細が必要だ」

「女には引き続き、聞きだす努力をするよう伝えてあります。また密会の約束を取りつけるようにと」

「そいつは時間がなくなってきているとわかっているのか」

「ええ、もちろんです。それからもうひとつ。モサドはほかの刺客よりも成功率の高い男を見つけたと思っているようです。一匹狼《いっぴきおおかみ》の暗殺者だとか」

ベルーズが沈黙し、居心地の悪いまなざしをラフィに浴びせた。今まで見せたことのない目つきだ。「そいつは誰だ?」ようやくベルーズが口を開いた。

「これ以上のことは知りません」

「それならとっとと戻れ! ユダヤ人の娼婦の手綱を握るんだ! 金をやって、おまえのやっていることを暴露すると脅せ。どんな手を使ってもかまわん。暗殺者が誰なのか調べろ。襲撃の正確な時間と場所が必要だ!」

「できる限りのことはします」

「いいや、私が命じたことをするんだ。おまえには二日与える」ベルーズがデスクの中から携帯電話を出してラフィのほうへ滑らせた。「この携帯電話は安全だ。私が命じた答えがわかったらこれを使え」

ベルーズが卓上で押しだした封筒をラフィは受け取った。

ラフィはもともとヒズボラのルートを通じてイランと接触しており、悲観に暮れるエヴィータ・レヴィーンを見つけて引き入れた業績を認められた。この世界ではよくある話だが、愛国心の問題はさておき、自分の働きに対して相応の手数料を受け取ることにためらいはなかった。情報の価値に充分理解している。

ベルーズがさらに非常に細かい指示を出し、次回のミーティングが設定された。ラフィは数分後にオフィスを出たとき、ここに来るのは次が最後になることを願った。この場所には人を落ち着かない気分にさせる何かがある。ポケットにしまった札束入りの分厚い封筒でも打ち消せない不快な何かが。きっと空気のせいだろう。よどんですえたにおいが原因だ。中世の城の内奥から立ちのぼってくるところを想像させる、ずっとその場にとどまっているたぐいの悪臭だった。においの源がなんであろうと、知りたくはない。

案内役についてリムジンまでの長い廊下を右へ左へと進みながらわかりにくい回廊を抜け、死の空気を肺に取りこんでいると、ラフィは八〇〇年前の使者の気持ちがはっきりとわかった気がした。

サンデションは聞き慣れないベルの音で目を覚ました。何秒か朦朧《もうろう》としているうちに、頭の中で鳴り響いているのではなく、電話の音だと気づいた。昨晩ＳＩＭカードを買って挿入し、設定もせずに寝てしまった。電話は標準設定の着信音になっており、音量もまたしかりで、火災報知器を思わせた。

「サンデションだ」

ブリクスの声が聞こえてくる。「おはようございます、警部。ゆうべ伝言をいただきましたが遅い時間でしたし、何も報告することがなかったので」

「それはかまわん。今朝はどうだ？」

「ひとつだけ。デッドマーシュが警部にかけた電話のうち、一台を発見しました」

「場所は？」

ブリクスが答えた。

「冗談だろう」

「私も少々芝居じみていると思いました。今、現場に向かっていて、もし向こうで合流……いえ、よければ付き添いますよ」

「二〇分で行く」


（下巻へ続く）

暗殺者のゲーム〔上〕

2018年12月6日　初版第一刷発行

著　者　ウォード・ラーセン
訳　者　川上琴
デザイン　坂野公一（welle design）

発行人　後藤明信
発行所　株式会社 竹書房
〒102-0072
東京都千代田区飯田橋2-7-3
電話03-3264-1576（代表）
03-3234-6383（編集）
http://www.takeshobo.co.jp
印刷所　中央精版印刷株式会社

定価はカバーに表示してあります。
乱丁・落丁の場合には竹書房までお問い合わせください。

ISBN978-4-8019-1671-5　C0197
Printed in Japan